반짝반짝 윤여사

반짝반짝 윤여사

상상해 보신 적 있으신가요?

"누구세요?"

낯선 눈으로 나를 보며 누구냐고 묻는 어머니의 모습을.

"집에, 우리 집에 가야 하는데……."

이리저리 집 밖을 서성이는 어머니의 모습을.

어느 날, 사랑하는 이의 기억에서 내가 사라진다는 것을 상상해 보신 적 있으신가요?

자신도 모르는 사이, 머릿속에 기억을 지우는 청소부에게 세를 내준 어머님과 어머님의 마음속에 세를 들고 싶은 며느리의 이야기를 시작하려고 합니다. '저들은 저렇게 살아가고 있구나.' 단지 그렇게 봐주시길 바랍니다.

나의 시어머님은 알츠하이머 환자입니다.

늘 깜박깜박 하시죠.

며느리?
우리 아들이 아직, 핵상, 열 일곱 인디. 며느리? 누기여?!
음...
그니까, 제가
그대의 며느리...
맞는데 ㅠㅠ

하지만 제게는 반짝반짝 빛나는 시어머님「윤여사」입니다.

??
뭐? 알츠하이머?
그게 뭔디? 아, 죽냐?
아니여? 그럼, 됐어!
지끈게 뭐라고!
손때 묻은
경전♡ 염주
하루에도 몇번이고
자식을 위해 기도하시고
흐트러짐 없는 수건♡
(호텔 인줄)
집의 어느곳이든 깔끔하다.

차례

3부

사랑스러운 시간

4부

오늘도 변함없이

여기서 잠깐!

잘봐~!
"반짝 반짝 윤여사"
4컷 만화는 1 3
2 4
요렇게 봐야혀~♡ 맞제!
그게네~♡

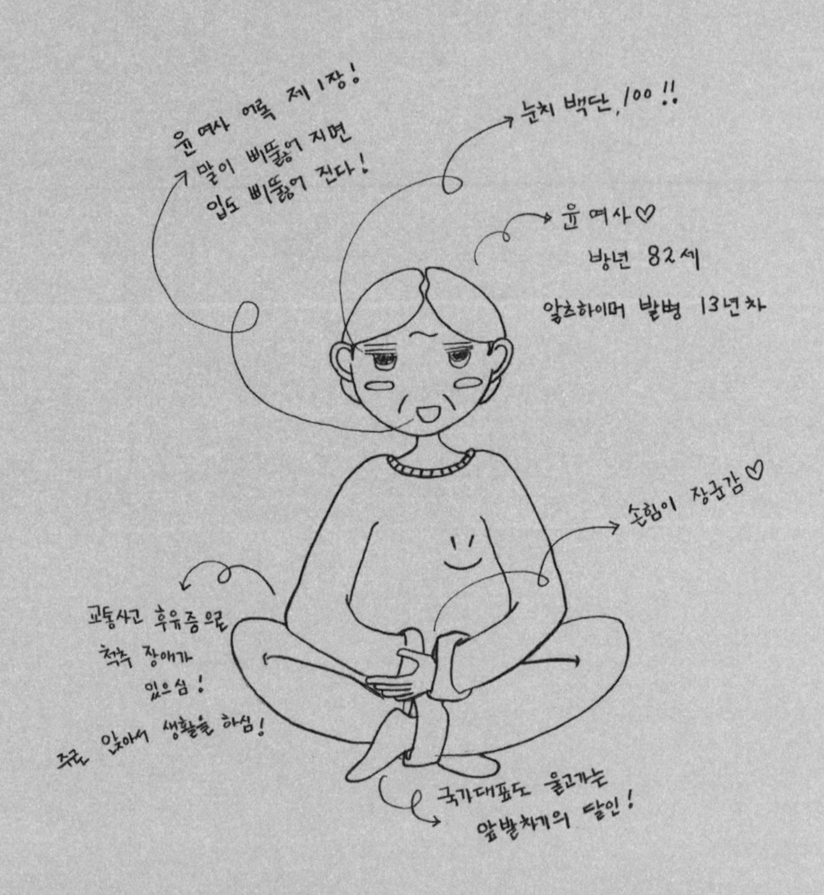

윤 여사 어록 제 1장!
말이 삐뚤어 지면
입도 삐뚤어 진다!
눈치 백단, 100 !!
윤 여사♡
방년 82세
알츠하이머 발병 13년차
손힘이 장군감♡
교통사고 후유증으로
척추 장애가
있으심!
주로 앉아서 생활을 하심!
국가대표도 울고가는
앞발차기의 달인!

1부

잊어버린다고
잃어버리는 건
아니란다

prologue

어딘가에서 '~카더라'라고 주워들은 말들과 미디어에서 보여주는 치매 환자의 모습은 마치 모든 나사가 빠져버린 인형 같았다. 감정도, 수치심도, 기억도, 자신마저도 잃어버린 불쌍한 이들. 보고 있자면 기분이 한없이 밑으로 가라앉고 불편해서 그런 이야기가 나오면 대화의 중심에서 비켜 서 있거나 텔레비전 채널을 돌려버렸다.

그런데 한 치 앞도 못 보는 것이 사람이라더니. 사랑하는 남자의 어머니가 치매를 앓는 분이 될 줄도 모르고, 내 소중한 이들은 저런 병에 걸릴 리가 없다며 고개를 돌리고 안심했었다.

오빠와 만남을 가진 지 일 년이 조금 안 된 2011년 9월의 세 번째 목요일에 나는 어머님을 처음 뵈었다. 각오를 다지지 않은 것도 아니었는데, 어머님을 뵌다고 생각하자 심장이 따끔거렸다. 의연하게 오빠를 따라 들어갔지만 긴장감에 눈앞이 흐려지는 것 같았다. 정신없이 인사를 드리고 고개를 들자 어머님의 웃는 얼굴이 눈에 들어와 맺혔다. 그 작은 얼굴의 미소만으로 심장의 따끔거림이 잦아들었다.

'치매라고? 저분이?'

맑은 눈을 곱게 접어 웃는 어머님이 말씀하시는 듯했다.

“잊어버린다고 잃어버리는 건 아니란다.”

#01. 우리의 연애시대

2010년 봄, 사월의 중순이었다.

겨우 어두운 터널을 빠져나와 태양에 눈이 멀지 않으려 안간힘을 쓰던 시기에 오빠를 만났다.

오빠의 첫인상은 차가워 보였다. 그런데 인사를 하며 웃자 위로 올라간 날카로운 눈매가 예쁘게 휘는데 몇 초 걸리지 않았다. 그 모습이 꽤 마음에 남았는지 만날 때마다 오빠의 눈으로 시선이 갔다. 밥을 먹으러 가거나 술을 마시는 자리에서 오빠는 말없이 나를 챙겼다. 고기를 구워서 올려주고 손이 자주 가는 반찬은 내 앞으로 옮겨주고 좋아하면서도 귀찮아서 손을 대지 않던 게나 새우를 먹기 좋게 손질해서 앞접시에 올려주는 그에게 마음이 동실동실 넘어갔다. 그렇게 우리는 그해 시월, 연인이 되었다. 지금에서야 하는 말이지만 내 남자로 만들기 힘들었다. 당시 오빠는 누군가와 함께 생을 살아가는 일을 포기했었다 했다. 연이은 사업의 실패와 알츠하이머를 앓고 계시는 어머니. 오빠에게 연애란 사치였다. 내가 다가갈 때마다 뒤로 물러서며 오빠는 물었다.

“후회 안 할 자신 있어?”

나는 그런 그에게 생글생글 웃으면서 사기를 쳤다.

“응. 행복하게 해줄게!”

#02. 첫 만남

이제 오나?
밥은 먹고 다니냐?
my sun!
오랜만~
엄마,
우리 30분 전에
같이 식사 했잖아
엥?!
그랬냐?
어쩐지!
니 배가 볼록하다~ 했제!
ㅋㅋㅋ
잘먹고
잘 싸는 게
제일 좋다!
일단, 웃자 Ha. Ha. Ha.

오빠와 연애를 시작한 지 일 년에서 한 달이 빠진 시간, 바람에 가을이 실리기 시작하던 구월에 어머님을 처음 뵈었다. 결혼이라는 미래를 향해 걸어보자는 마음이 굳어지던 시기, 이젠 서로의 더 깊은 곳으로 발을 들일 때였다.

먼저 집으로 들어간 오빠가 십 분 정도 지났을까 싶을 때 차로 돌아왔다. "가자." 오빠가 내민 손을 잡고 작은 아파트로 들어섰다.

어머님은 알츠하이머를 앓고 있을뿐더러 교통사고로 허리가 불편한 상태였다. 긴 머리를 곱게 빗어 땋아 올려 비녀를 꽂은 단정한 모습이, 웃으면 곱게 접히는 눈매가 몇 년 전 돌아가신 외할머니에 대한 그리움을 불러왔다.

"잘 왔어요."

고개를 숙여 인사를 하는 내게 고개를 숙이며 인사를 받아주시는 어머님의 모습에, 뵙기 전 각오를 다졌던 그 실체 없는 무수한 것들이 사르르 힘을 잃었다. 그제야 집안 곳곳이 눈에 들어왔다. 어머님 앉은 자리 가까이에 놓여져 있는 불경과 염주를 담은 나무 바구니, 가지런히 개어져 있는 수건들, 먼지 없이 반들반들한 바닥. 작지만 온기를 품은 열두 평 남짓한 아파트는 어머님을 닮은 것 같았다. '치매? 이런 분이?' 머릿속으로 상상해 오던 어머님의 모습과 너무 달라서 얼굴이 달아올랐다.

다정한 인사와 안부가 오간 뒤, 오빠와 장을 봐온 것으로 함께 점심을 먹었다. 오빠가 설거지를 마치자마자 걸려 온 업무 전화로 이십 분 정도를 나갔다가 들어오는 것을 보며

"이제 오냐? 밥은 먹었고?"

라고 말씀하시는 어머님을 보지 못했다면, 나는 오빠에게 도끼눈을 뜨고 "어머님 치매라는 거 거짓말이지?"라며 추궁을 했을지도 모르겠다.

#03. 달콤살벌한 윤여사

어여 와!
같이 먹게.
이미 먹고 왔음!
오빠가. 살빼래요
저녁먹지 말라고
했어요!! ㄱ_<
장난 ~
니가 그랬냐? 아가. 가위 가져와라잉
(감히!)
연장 챙겼냐?!
가... 위?
엄... 마?
누가? 야가 그랬냐?
네!
살찌면,
안만나 준다고
했어요! ㅋㅋㅋ
어머니, 근데
가위는 왜요?
남자가 헛소리 할때는
잘라야 하는겨!
내말 새겨들어라잉 ~!
ㅎㄷㄷ

어머님께 인사를 드린 이후로는 종종 어머님 댁에서 함께 밥을 먹고 시간을 보냈다. 나에 대한 어머님의 기억은 아들의 여자친구와 아내 사이를 오락가락하는 듯했다.

"근디, 니들 결혼은 했쟈?"

어머님은 오빠에게 소곤소곤 묻고는 오빠가 "아직이야" 하면 바로 나를 아가씨라 부르며 존대를 하곤 하셨다. 그러다 얼마 되지 않아

"아가, 이짝으로 와. 여기가 젤 따셔."

아파트임이 분명한데, 그 옛날 집의 아랫목이라 불리는 자리쯤으로 부르신다. 그 순간 나는 어머님의 둘도 없는 며느리가 되어 누가 뭐라 해도 내 편인 어머님에게 오빠의 흉을 본다.

"어머니, 오빠가 돼지라고 놀려요!"

"뭐여?! 아야, 저짝 부엌케 가서 가위 가져오니라. 사내가 입을 함부로 놀리면 그것이 필요 없응께! 내가

잘라주마!”

눈을 반짝이며 농담을 가득 담은 어머님의 말씀에 오빠는 코웃음을 치면서도 어머님의 곁에서 슬쩍 떨어져 앉는다. 그런 오빠의 모습이 우습기도 하고 사랑스러워서 가위를 가지러 가는 시늉을 하던 나는 놀리듯 오빠를 불러본다.

“오빠? 어디가~” (웃음)

#04. 꿀 먹은 곰의 다짐

홀로 . 윤여사 뵈러가는 전날 밤
차분한 흰색? 귀여운 도트?
뭐가 예쁠까?
역시 물어보는게
어머니.
저 왔어요~♡
히익~!!
물.. 물러가라!
오빠, 나 내일 어머니댁에 갈때.
뭐 입고 가면 좋을까?
어머니 좋아하시는 색깔 있으셔?
엄마는 무조건 흰색!
하얗고 깔끔한거 좋아하셔
아들 찬스!! ㅋㅋ ok. 접수!! 예쁨 받겠다♡
아이고 놀래라!
처녀구신이여?! 뭐여?
젊은 처녀가 허연 걸 입고...
색 고운게 얼마나 많은디!
에미야. 치마길이도 길다!! ㅋㅋㅋㅋ
두고보자 김윤재!
복수를! 피의 복수를!

어머님께 인사를 드린 지 육 개월이 지난 후부터는 혼자서도 어머님을 뵈러 갔다. 외할머니의 손에 자란 나는 어르신들을 대할 때 큰 어려움이 없었는데 미래의 시어머니 앞은 조금 긴장이 되었다. 그래도 예쁨은 받고 싶어서 갈고 닦은 애교를 꿀맛 본 곰이 재주 부리듯 부리곤 했다.

"어머니, 어깨 주물러 드릴까요? 다리도 제가 잘 주무르는데…… 저, 손힘 좋아요!"

하지만 생각대로 되지 않았다. 되려 어머님은 내 손을 꼭 잡아주면서 말씀하셨다.

"사람은 간사해서 한 번 해주면 '야가, 또 해주겠지' 하고 기대를 해, 그런 건 못 쓰는 거여. 나는 그러고 싶지 않어. 그니께, 허지 말어. 그런 거 안 해도 예뻐. 을매나 예쁜데."

재주를 부릴 기회도 주지 않아 재주도 부리지 못했건만 입안으로 달콤한 꿀이 가득 들어왔다. 그날 그 감정을 뭐라 표현할 수 있을까? '아! 정말 어머님께 사랑받아야겠다.' 나는 어머님에게 반하고 말았다. 그 후로 어머님을 뵈러 갈 때마다 어머님은 무슨 색을 좋아하는지, 무슨 음식을 잘 드시는지, 싫어하시는 것은 없는지 오빠에게 묻곤 했는데 어머님의 금지옥엽은 어째 제대로 아는 게 없다.

#05. 밥은 먹었냐?

6:00
근디, 밥은 먹었냐?
네! 먹었어요!
6:12
니, 밥은.. 먹고 왔냐?
네! 하하~ 먹고 왔어요!
6:25
저녁 밥. 먹었냐?
ㅋㅋㅋ 먹었어요!
6:37
근디, 밥.
ㅋㅋㅋㅋ
뭐여? 왜? 웃는거여!
ㅋㅋ 어머니. 저. 밥 먹었어요.

"밥은 먹고 온 거여?"

어머님은 무엇이든 십 분이 지나면 깜박하시면서도 홀로 남아 아들을 키우며 가장 걱정스럽고 애달팠던 끼니 걱정은 머리가 아닌 마음에 남으셨는지 "밥은 먹었냐?"는 말을 나는, 불과 두세 시간 동안 스무 번은 넘게 듣고 돌아온다. 그래서일까? 오빠가 함께하지 못한 날에는 어머님의 걱정을 담아 오빠에게 몇 번이고 묻곤 한다.

"오빠, 밥은 먹었어요?"

#06. 나의 이름은

어머니, 윤반짝 읽어 보시겠어요?
걱정 말어! 내는, 다 아니께
??
응?
쉬는 날, 놀러왔음
거~참! 너거들, 집에 가!!
하하하
아가씨, 우리 부엌에서 물 한잔 할까요?
(소곤 소곤) 우리가 안 봐야 해요~
네~
그럼, 어머니, 우리~ 이름 한번 써볼까요?
내는, 다 알어! 아니께, 자네나 혀!
귀찮게!
어머니! 한번만, 한번만 해봐요~
어딘지 모르게 뿌듯한 얼굴
오분후!
역시~
어머~ 호호호~
이야~ 우리 어머니, 명필이시네~
다 안다 했잖여!

어머님은 현재보다 과거의 기억이 좀 더 또렷한 편이다. 현재의 기억은 이십여 분을 넘기지 못하는 분이 과거의 기억은 그림을 보고 설명하듯 또렷하고 선명했다.

"내 고향, 장작골은 산과 물이 그렇게 좋을 수가 없었어. 우리 아부지가 훈장님이셨는디, 우리 집 땅이 거기선 제일 넓었지."

"우와! 우리 어머님, 부잣집 외동딸이셨구나."

"부잣집은 무신. 그럼, 뭐혀! 아부지가 훈장이든, 땅이 넓든, 다 소용없어. 계집아이라고 옆집 개도 듣고 보는 글을 나는 갤켜주지도 않았어야."

자존심이 강한 어머님은 치매 치료 선생님이 오셔서 종이접기 같은 프로그램을 "같이 해 볼까요?" 하면 새침한 얼굴로 말씀하셨다.

"나는 다 아는 거여. 그니께 당신들이나 허시오."

그래도 선생님과 내가 몇 번 더 조르면 못 이긴 듯 이런저런 놀이 치료를 하셨는데 유독 한글로 자신의 이름을 쓰는 걸 보이기 싫어하셨다. 어릴 적 남몰래 달빛 아래에서 나뭇가지를 연필 삼아 땅에 쓰며 겨우 배운 한글이었다. 행여나 그렇게 배워 쓴 자신의 이름이 밉지는 않을지 걱정되신 게 아닐까. 어머님은 아무도 보지 않을 때 슬그머니 연필을 들어 종이에 자신의 이름을 꾹꾹 눌러 쓰면서 혼잣말 같은 그리움을 내뱉곤 하셨다.

"달 밝은 밤이 젤로 좋았어. 내가 쓴 글자가 잘 보이니께……."

벌컥덩 쾅!
형님!!!
깜짝
어...서오게!
개선 장군 인줄!
다~했으면, 그 얼굴 좀 닦으시게! 지 얼굴에 침을 뱉고 그러는가~ 에잉~
아가, 수건 줘라!
형님, 무슨 말을 그렇게 하쇼?!
며느리도 자식일세. 남이라 생각 들면 더 조심해야 하고!
고연 것이! 오지는 않고~ 블라 블라 퉤퉤퉤~ ~ ~ ~ ~ ~
다짜고짜 하소연!을 가장한 욕 시전!
일절만.. 하게!
아쿠, 험학혀라!
아고, 귀 따가워!
아가, 너는 듣지 마라잉
하긴, 형님이 뭘 알겄수? 이야기 하는 내가 바보지!
잘 아는 구먼! 자넨 바보여!
못쓰겄네!
ㅋㅋㅋ

평소보다 퇴근이 일러 어머님 집에 들렀는데 웬 아주머니가 "형님!" 하며 문을 벌컥 열고 들어오셨다.

"뭐 그리 급한 일이 있었는가? 기척도 없이 문을 열어 놀랐구먼. 무슨 일이여?"

무안하지 않게 한 소리 하시며 자리를 권하는 어머님을 보며 감탄하고 있는데, 아주머니는 다짜고짜 며느리 흉을 보기 시작했다. 악의 없이 하는 말인지 몰라도 듣고 있자니 기분이 좋지 않았다. 조금 늦은 저녁 시간에 기척도 없이 마구잡이로 쳐들어온 분이 반가울 리도 없거니와, 어머님의 병세를 알고서 잠시 후면 잊을 사람이니 속풀이나 하자는 심보인가 하는 심술궂은 생각이 들었다. 이런 내 생각을 읽으신 듯 한참을 가만히 듣고 있던 어머님이 입을 여셨다.

"다 뱉었는가? 지금 자네 '퉤!' 하고 지 얼굴에 침 뱉기여. 어디 더 뱉어 보게. 내 수건으로 잘 닦아 줌세."

"형님, 지금 무슨 말을 하시는 게요?"

"못써! 내 세상 제일 듣기 싫은 게 지 사람 욕하는 거여. 며느리도 자식인데 생판 남인 내 앞에서 욕을 하는가? 그게 지 얼굴에 침 뱉기지 뭐겠는가?"

"하긴, 형님이 뭘 알겠수? 이야기하는 내가 바보지!"

"잘 아는구먼. 자넨 바보여. 바보!"

순간 얼굴이 빨개진 아주머니는 내 얼굴을 한번 보시더니 집에 물을 올려놓았다며 번개 같은 몸놀림으로 일어났다. 아주머니가 돌아가시고 어머님에게 물었다.

"어머니, 친한 분이세요?"

"몰러, 내가 지를 어떻게 알겠어? 지가 나를 알은 체하고 들어오니까 나도 알은 체했지."

어머님의 대답에 혼자 웃음이 터져버렸다. '저게, 뭘 잘못 먹은 게 틀림없다'는 어머님의 눈초리에 찔끔했지만 웃음은 옮는다고 어머님도 이내 내 등을 치며 따라 웃으셨다. 어머님과 나는 한참을 크게 소리내어 웃었다.

웃음이 무르익어가는 오월의 봄밤이었다.

#08. 보물찾기

작업을 시작하지!!
싱크대 오케이!
뭐허냐?
눈에 시커먼건 뭐여?
기가 차... 아니, 기발하군!
까꿍!
욕허냐?
냉장고!! 오케이~
배고프냐?
쌀을 누가 그런데다 넣어놓냐? 쯧쯧쯧
올~!

오빠는 일주일에 두세 번, 보물찾기를 해야 했다. 그중에 가장 급히 찾아야 하는 것은 쌀을 씻어 불려놓은 쌀 그릇이었다.

어머님은 자신이 해오던 모든 것을 고수하는 분이셨다. 수도를 온수 쪽으로만 돌려도 더운물이 펑펑 나오는 시대에도 양철통에 필요한 만큼만 물을 받아 끓여 쓰셨고, 욕조에 받은 물로 손빨래를 하셨다. 그 흔한 고무장갑 하나 손에 끼워 쓴 적이 없어서 어머님의 작은 손은 건장한 남자의 손마디만큼이나 굵고, 겨울이면 손이 쩍쩍 갈라졌다. 해오던 대로 하는 것이 편하다고 상관마라 하셨지만, 성치 않은 몸으로 홀로 아들을 키우며 할 수 있는 것은 아끼는 것, 그것으로 내 아이를 먹이는 것이 아니었을까.

그런 어머님의 생을 보며 자란 오빠의 바람은 하루빨리 돈을 많이 버는 것이었다. 다행히 그 바람은 한때나마 이루어져 세탁기든 밥솥이든 냉장고든 뭐든 제일 좋은 것으로만 사다 드렸지만, 어머님은 변함없이 본인의 방식대로 생을 사셨다.

지금도 집에는 한 번도 돌리지 않은 세탁기가 깨끗이 모셔져 있다. 몇 년 전부터 종종 세탁기 안에서 깨끗이 씻어 불려놓은 쌀이 담긴 그릇이 얼굴을 내밀곤 했다. 문제는 뒤늦게 생쌀 채로 상해버린 것을 발견한다는 것이고, 그런 쌀 그릇이 하나가 아니라는 것이다.

그 후 오빠는 보물찾기하듯 집안 이곳저곳을 살펴 쌀그릇을,
그 안에 담긴 어머님의 생을 찾아야만 했다,

어머님은 오랜시간 치매를 앓으면서도 아들에게 먹일 밥을 짓는 엄마의 생을 사셨다,

엄마,
여기 둔 바나나 못 보셨어?
내일아침에 쓸라고,
상에 올릴거 아니냐?
~ 저짝에 놔뒀다!
죄송해요 ...
ㅋㅋㅋ
쟈가 왜저러냐?
내가 뭐라 했다고?!

어머님과 함께 시간을 보낸지도 벌써 일 년이 훌쩍 넘어가고 있었다. 이 무렵 어머님은 달에 두세 번 장을 보고 들어오는 우리를 아니, 정확히는 오빠를 보며 물어보셨다.

"내일이 벌써 명절이단가?"

"아니요. 어머님, 아직 칠월인걸요."

대답하는 나와 달리 오빠의 얼굴은 어느샌가 어두워져 있었다.

여기서 자세한 이야기를 할 수는 없지만 어머님에겐 오빠와 다름없는 아들 같은 분이 있다. 스물넷에 오빠는 독립을 하고, 아주버님이 어머님 곁으로 왔다. 그리고 지금까지 우리와 함께 어머님 곁을 지켜주고 있다. 독립을 한 오빠는 시간과 돈을 맞바꾸며 살았다. 당연하게도 어머님을 뵈러 가는 횟수는 조금씩 줄어들어서 종국에는 아버님 제삿날과 명절에만 다니러 가던 해도 있었단다. 그 무렵 어머님은 말하진 않았어도 아들을 보고 싶은 마음이 애달팠는지 그때와 비슷하게 두 손 가득 어머님이 좋아하시는 바나나와 수박을 들고 들어서는 아들을 유독 반기며 묻는 것이다. 내일이 명절이냐고. 그것을 모를 리가 없는 오빠는 안색이 어두워질 수밖에…….

후회하고 있을 것이다. 무섭게도 자신을 꾸짖고 있을 것임을 알면서도 나는 더 깊이 찔러 오빠의 복장을 터트린다.

"있을 때 잘하란 말이야."

그러고는 딱밤이라도 맞을까 싶어 재빨리 어머님의 등 뒤로 도망을 친다.

이 덥고 습한 칠월에 명절이냐며 묻는 어머님. 나는 이제 시간의 흐름도 계절의 흐름도 흐려진 어머님의 등 뒤에서, 오빠는 그런 어머님의 앞에서, 우리는 서로의 얼굴을 마주 보며 마음을 다잡고 웃어야 했다.

주변의 몇몇 분들은 어머님이 치매라는 사실에 굉장히 놀랐다. 그도 그럴 것이 어머님은 마을에서 대대로 서당을 하던 훈장댁 고명딸로 사람을 대하는 예절과 살아가는 이치를 배우며 자랐다. 덕분인지 삼십 년을 넘게 살아온 아파트에서는 바른말과 단정한 모습의 어른으로도, 손끝 야무진 살림꾼으로도 유명했다. 게다가 말로는 당할 자가 없는 오빠를 이기는 유일한 분이셨으니 그동안 알고 지낸 분들이 놀라는 것도 이해가 갔다. 나 역시도 오빠가 알려주지 않았다면 어머님이 치매를 앓고 있다는 사실을 처음에는 눈치채지 못했을 테니까.

"오빠, 어머님 아픈지 어떻게 알았어?"

어머님을 뵈러 다닌 지 두 달 정도 흘렀을 무렵 어머님 댁으로 가는 차 안에서 물었다.

내 질문에 쓴 웃음을 짓던 오빠가 말했다.

"처음에는 몰랐어. 단지, 조금 이상하시네? 하는 생각만 들었지. 물건이 없어진다고, 도둑이 드는 것 같다고 말씀하시기 시작했어. 생전 그런 적이 없었는데 과일을 사다 드리면 그걸 어딘가에 싸서 숨기시고, 옆집에서 무얼 가져가신다고 하시고. 그때는 내가 좀 힘들 때라 엄마 말을 흘려들었어. 그러다 집에서 음식을 좀 해드리려고 그릇을 찾는데, 솥이며 냄비들이 하나같이 다 밑이 시꺼멓게 탔더라고. 나이 드셔서 깜박하나 보네 대수롭지 않게 넘겼는데 밥을 먹고 나가서 담배를 피우고 들어오는 나를 보고 엄마가 '이제 오냐? 밥은 먹었냐?' 하는 거야. 한여름에 뒷골이 서늘했지."

오빠는 너무 늦게 알았다고 했다. 어머님에게 치매의 증상이 있다는 것을 눈치챈 후에도 자신이 힘들어서, 자신의 생을 살기도 벅차서 아무것도 할 수가 없었다고. 아니, 한층 더 생에서 멀어지는 기분이었다고 했다.

"그래도 다행인지 불행인지, 치매 말고는 보통 노인분들이 흔히 앓는 질병은 없어. 혈압도 정상, 당뇨도 정상, 영양도 좋고, 척추 장애는 이미 오래전 일이고……."

나에게 하는 말인지 본인에게 하는 말인지 모를 말을 하는 오빠의 얼굴에는 죄책감이 스며든 슬픔이 배어있었다. 무엇을 말해도 위로가 되지 못할 것을 알기에 운전하는 오빠 옆에서 가만히 숨을 죽이며 앞만 바라보았다.

'오빠 탓이 아니야.'

말한들 그게 위로가 될까?

'힘내.'

라고 말한들 무엇을 위해 힘을 내야 하나? 치매라는 병은 엎어진 물과 같은 병인데.

어두워진 얼굴로 우울의 덩어리를 어깨에 이고 집으로 들어섰는데, 우리를 맞아주던 어머님이 나와 오빠의 얼굴을 번갈아 요리조리 보더니 말씀하셨다.

"걱정 말어!"

찰나의 정적이 맴돌았고, 어머님의 말씀에 의아한 표정을 지은 오빠가 물었다.

"뭘 걱정 말래? 엄마, 뭘 알긴 하는 거야?"

어머님은 아주 당당하게 답하셨다.

“몰러! 근디, 알면 뭐가 달라지냐!”

순간, 나도 모르게 웃음이 나왔다. 어깨를 누르던 공기의 무게가 가벼워지고 있었다. 그래, 뭐가 달라지나. 걱정하지 말자. 그 시간에 한 번 더 웃는 게 낫고 손을 한 번 더 잡는 게 낫다.

입에 발린 말, 흔한 위로, 그래서 굳이 입 밖으로 내기가 껄끄러운 그 말들에는 사실, 어떻게 위로를 건네면 좋을지에 대한 고민과 애정이 고스란히 담겨 있다는 것을 이제는 안다. 힘내라는 말, 걱정하지 말라는 말, 잘될 거라는 말. 흔해 빠졌지만 무엇보다 진심인 말을 삐뚜름하게 보았던 건 못난 나였다.

힘내요. 당신은 충분히 잘하고 있어요. 그러니, 걱정하지 말아요!

흔하지만 진심을 담은 단어로 위로의 글을 건네본다. 조그마한 마음이라도 누군가에게 닿기를.

오늘은 뜨끼더 ♡
달달~
요놈이 부드럽고 맛나지잉~
인생 그까이꺼♡♡

2부

살아간다는 건 행복한 거여

prologue

그런 시기가 있다. 걸어도 걸어도 끝이 보이지 않는 터널을 걷는 시기. 자고 일어나 보이는 풍경이 어제와 다를 바가 없다면 '이제 그만해도 되지 않을까?'라는 생각에 사로잡히기도 하는 시기.

어머님은 지방 유지의 고명딸로 태어났지만 여자는 시집을 잘 가는 것이 효도라 여기던 부모의 밑에서 자랐다. 나이 스물이 되었을 때 집안에서 정해준 사람에게 시집을 가야 했는데 그녀에게는 사랑하는 남자가 있었다. 어머님의 집안에서야 이미 정해진 혼처가 있으니 반대야 당연지사겠지만 상대방 집안의 반대도 만만치 않아서 두 사람은 어두운 밤, 고향을 등지고 달빛이 닿는 길을 따라 이곳저곳에서 도망자처럼 살았다고 했다. 겨우 강원도 철원 산골에 자리를 잡아 죽을 고비를 넘기며 아들을 낳았지만 - 그 아들이 나의 남편이다 - 그 뒤로는 어디 쉬웠을까? 커가는 아들을 위해 강원도를 떠나 연고 없는 서울로 올라와 팔 년, 이제는 살만하다 숨을 돌리던 시기, 아들의 나이가 열한 살이 되던 해 여름에 고향으로 내려가던 길 위에서 어머님은 세상의 반을 잃었다. 아버님은 병원에 옮기기도 전에 돌아가셨고 어머님의 몸도 성치 않았다. 아들이 초등학교를 졸업하고 중학교 2학년이 되어서야 어머님은 집으로 돌아올 수 있었다. 어머님의 몸에는 장애가 남았고, 오빠의 가슴에는 멍울이 졌다.

사랑하는 사람을 잃고, 성치 않은 몸으로 아들을 키워내고, 생이란 이런 것이구나 할 나이에 기억이 사라져가는 병에 걸린 어머님은 달달한 아이스크림을 입에 넣으며 내게 말씀하신다.

"사는 것처럼 좋은 것도 없다. 세상 별거 있는 줄 아냐? 아니여. 그저 해가 좋은 날은 좀 웃고 비가 오는 날은 걱정도 쪼까 해가면서 그런 거여. 시상 얼마나 좋아졌냐? 나는 먼저 가부른 그 사람이 가끔 참 안 됐어야. 사는 건 참 좋은 거여. 아고! 달고 맛있다잉."

그러면서 어서 먹지 않고 뭘 보고만 있냐며 상에 놓인 수저를 내 손에 쥐어주신다. 이러면 나는 잘 살아내는 수밖에 길이 없다. 그 아무리 어둡고 긴 터널이 나타나도 잘 살아내야만 할 것 같다.

수저 가득 바닐라 아이스크림을 떠서 입에 넣자 달달한 어머님의 속삭임이 들려온다.

"살아간다는 건 행복한 거여."

#10. 사랑꾼

어머니 ~ 어머니 ~♡
왜? 불러?
갸 ~♡ 아니, 그러면 ~ 어떻게 연애 하셨어?
내가! 담을 잘 타. 특히 ~ 밤에~
응??
옛날에 동네 총각들이 ~ 어머님 보겠다고 대문 밖으로 줄을 섰다면서요 ~
헹! 그래봤자지!! 지깟것들이 ~ 내 코빼기도 못봤을 것을! 나는 밖에~ 잘 안나댕겼어!
어머♡
어머♡
그래서요? 응? 응?
그니까 그때... 윤재 아부지가! 에... 그니께 윤재 아부지가, 흐흐 그니께 ... 근데, 니! 밥은 먹었냐?
언제 쩍이여~

오빠와 함께 어머님 댁에 다닌 지도 해를 넘고 넘어 이 년의 시간이 지났다. 어머님 댁에 도착하면 오빠는 주방에서 음식을 하고, 나는 볕이 잘 드는 안방에서 어머님의 곁에 앉아 재잘거리며 이런저런 군것질거리를 어머님 입에 넣어드리면서 시간을 보낸다.

"어머니, 아버님과는 어떻게 만나셨어요?"

나의 단골 질문을 어머님은 처음 들은 것처럼 뭐 그런 걸 묻냐며 쑥스럽다는 듯이 손을 내저으면서도 못 이기는 척 이야기를 해주신다. 이미 수십 번도 더 들은 이야기지만 그날 어머님 컨디션에 따라 기억하는 부분이 달라지기 때문에 들을 때마다 조금씩 다른 이야기가 되어버린다. 아무렴 어떤가. 얼굴에 웃음꽃을 피우며 이야기하는 어머님을 보는 건 꽤 기분 좋은 일이다. 무엇보다 오래전, 어머님의 퇴원만을 기다리며 홀로 방안을 지키는 어린 오빠가 눈에 선해서 지금이라도 그때의 오빠를 달래주고 싶다. 나는 두 분의 연애 이야기를 묻고 들으며 어머님과 둘이 손뼉을 쳐가며 깔깔댄다.

자고로 사랑 이야기만큼 재미있는 게 어디 있겠는가?

#11. 커야 좋다!

어머니, 저 왔어요~
(빵도 왔어요~♡)
빵
어여 와~
오메!? 실한 것♡
심봤다~♡
먹고, 양심상 스트레칭中
회사요~
어디서 오는 겨?
일단먹자!!
저것이 사흘은 굶은 겨! 틀림없어!
다이어트 중♡
아이고, 참말로 튼실한 게!
참 좋다♡ 느무 좋다!!
전, 싫어요!! ㅠㅠ
가늘고 얇은 게 좋은데
야가! 그게 뭐시가 좋나?
자고로! 짐승은 커야 혀!!
짐승...

어머님과 보내는 시간이 쌓일수록 나와 어머님 사이의 스킨십도 자연스럽게 늘어갔다. 나는 아담한 체구를 가진 어머님의 작은 손과 발을 부러워하는 반면에 어머님은 마르고 앙상한 본인의 다리에 비해 너무나도 튼튼한 나의 다리를 보면 좋아서 어쩔 줄 몰라 했다. 어머님은 남의 손이 자신 몸에 닿는 것을 그리 좋아하지 않은 성정이라 본인도 남의 몸에 손을 잘 대지 않으시는데, 언제부턴가 내 다리는 예외 대상이 되었다. 어머님 집에 와서 장롱에 등을 붙이고 두 다리를 쭉 뻗고 앉아 있노라면 마치 보물이라도 발견했다는 얼굴로 어머님이 슬금슬금 다가와 내 다리를 주물러주면서 함박웃음을 지으신다.

"아이고 참 좋다. 어쩌면 이리 실한지! 짐승이든 뭐든 이래 다 커야 좋다."

한평생 저주받은 다리라 여겼는데 이 다리 덕을 이렇게 볼지 누가 알았겠는가! 나는 다리를 내어주고 어머님의 애정을 얻었다.

#12. 게소리

삼십 대 중반, 오빠는 '이제는 다시 일어나지 못하겠구나' 하는 생각이 들 정도로 생의 중심에서 밀려났었다. 발로 걷지 못하면 목발이라도 잡자 싶어보니 잡을 손도 이미 다 헤져있어 목발은커녕 어딜 잡을 수도 없는 지경이라 눈앞이 깜깜했었다고 했다. 하루가 어떻게 흘러가는지 알고 싶지 않아 커튼으로 해를 가린 방에 종일 누워만 있다가도 어떻게든 살아보려고 간신히 일어나 버텼다 했다. 그렇게 조금만 더 조금만 더, 안간힘을 쓰고 버티고 있는데 생이라는 놈이 기어이 부들거리며 버티고 있는 다리에 발을 걸어 다시 주저앉히는 일이 일어났다. 어머님의 치매 진단.

나를 만나기 불과 몇 개월 전, 오빠는 어둡고 긴 터널을 간신히 기어가고 있었다.

별일 없었던 하루가 저물고 있던 저녁, 오빠는 운영하던 의류매장을 일찍 마감하고 시장에서 제철인 꽃게를 상자에 가득 담아 어머님 댁으로 향했다. 손질한 꽃게를 상에 올리고 맛있게 드시는 어머님을 보며 저도 모르게 툭,

"엄마, 우리 이거 먹고 아버지께 갈까? 같이……."

라는 말이 튀어나왔다고 했다. 그리고 어머님의 대답에 정신이 든 오빠는 웃을 수밖에 없었다 했다.

“니나 가라.”

“니나 가라.”

“니나 가라!”

오빠의 생이 저편에서 다시 돌아온 날이었다.

#13. 종알새가 우는 외출

아버님을 잃은 교통사고로 어머님은 다리를 잃을 뻔했다. 하반신을 절단해야 하는 최악의 상황은 벗어났지만 어머님 척추에는 장애가 남았다.

어머님은 집 밖을 나가거나 여행을 즐기는 편은 아니셨는데 치매를 앓고는 더더욱 집 밖으로 나가는 것을 불안해했다. 그 흔한 가족외식도 할 수가 없다. 그나마 한 달에 한 번 집에서 차로 삼십 분도 걸리지 않는 병원에 가는 것이 유일한 외출이다. 치매 판정을 받은 어머님은 한 달에 한 번 정기적으로 검진을 받고 약을 받아와야 한다. 하지만 혼자서는 거동이 힘든데다 집 밖은 불안해하는 분을 모시고 나가기란 생각보다 쉽지 않다. 거기에 그 일을 할 수 있는 가족이 단 한 명이라면, 그 사람이 직장인이라면 더더욱 힘들다. 나는 가능할 때마다 어머님의 검진 날에는 반 차를 썼다. "나을 수가 없는 병입니다." 확인받는 날, 누구보다 마음이 아플 오빠를 혼자 보내기도 싫었지만 한 달에 한 번 어머님과 외출하던 날을 오빠가 회상할 때 웃을 수 있으면 했다.

병원에서 어머님 댁으로 돌아가는 길, 우리는 어머님과 함께 양재 시민의 공원을 산책한다. 휠체어에 어머님을 태운 오빠는 어머님의 등 뒤에서 휠체어를 밀고 나는 어머님 옆에 선다. 그리고 '큼큼' 목소리를 가다듬은 후 내게 배정된 임무를 해낸다.

“어머니, 저 꽃 예쁘죠? 어머, 어머 이 꽃도 예쁘네요. 어머니, 어머니 이것도 좀 보세요! 저 꽃은 어머님 닮아서 더 곱네요.”

어머님이 불안할 새 없이 종알종알 새처럼 지저귄다. 오빠는 그런 나를 보며 웃음을 터트린다. 그리고 종알새의 끊임없는 지저귐에 정신없이 호응해 주던 어머님이 끝내는 “아이고, 귀 따거라” 하시면 이 외출은 끝이 난다. (웃음)

#14. 소 백 마리

오메…! 소가 한, 두 마리도 아니고 백마리나 있다고?!
어머니, 이제는 그만 그런 걱정은 내려 놓으세요…
어머니, 돼지도 있어요! 돼지도 백마리!! (저 포함)
꺄아~♡
아쿠~ 눈부시라~
어쩐지… 쟈~손이 여자 손 같지 않코 짐승마냥 커다랗다 했더니만… 일을 많이 해서 그랗구만…
불쌍한 것, 크흡~
짐승! 짐승…
맨손으로 소도 잡을 (손)

늦여름 더위가 한창이던 팔월의 마지막 주에 오빠의 부탁으로 하루 휴가를 냈다. 그날은 어머님 장기 요양 등급 판정을 위해 관공서로 보낼 서류를 작성해야 하는 날이었다. 장기 요양 등급을 받고 나면 요양보호사 배정과 치료 선생님의 방문 케어 서비스 등을 받을 수 있다.

한 달에 한 번 약 처방을 받을 때도 그렇지만 진단을 위한 상담은 의사와 당사자 둘만의 시간이 필요하다. 오빠는 어머님을 진료실로 모셔드리고 대기실에 있는 내 옆으로 와서 앉았다. 십 분 정도의 시간이 흐르고 보호자 호출이 왔다. '얼마 걸리지 않는구나' 생각하며 오빠를 따라 진료실에 들어갔다. 어머님은 우리를 보자마자 선생님을 향해 다급하게 외치듯 말씀하셨다.

"나, 안 아프다니께요! 아픈데 없당께 이라시네. 선상님, 우리 아들은 돈이 없어요!"

의사는 환자분이 긴장을 많이 한 것 같으니 잠시 함께 있으라 했다. 오빠의 얼굴이 너무 가라앉아서 여기서 나가면 어떻게 오빠를 달래주나 생각하고 있는데

"엄마, 나는 돈이 별로 없는데 여기, 엄마 며느리가 될 사람은 돈이 많아. 집에 소가 백 마리나 있어!"

순간 의사 선생님과 어머님의 눈길이 내게로 쏟아졌고 나는 사뭇 진지하게 어머님의 손을 꼭 잡고 말했다.

“어머니, 제가 좀 살아요. 소뿐만 아니라 돼지도 좀 키운답니다.”

“어쩐지…… 쟈 손이 여자 손 같지 않고 짐승마냥 커다랗다 했더니만 일을 많이 해서 그렇구먼.”

부창부수라고 했던가. 부부 사기단으로 나서도 손색이 없지 싶다. 아, 이럴 땐 오빠와 하이 파이브라도 해야 하는데!

아직도 담당 의사 선생님은 나를 목축업계의 큰손으로 알고 있는 것 같다. (웃음)

#15. 똥이여!

너는 쟈가~
어디가 좋냐?
잘생겼잖아요♡
완전 제 타입!
어머니, 아버님과 오빠 중에
누가 더 잘생겼어요?
헹! 저거는, 내 남편에
비하면 똥 이여!!
정상이 아니구먼...
지정신이 아니여...
ㅋㅋㅋ
투둑~.
어딜?
감히~
푸훅흐
크크크~
똥~프하~

오빠와 나는 여섯 살 차이가 난다. 가끔 내가 아이처럼 굴면 오빠가 야단치듯 말할 때가 있다. 한번은 어머님 댁에서 음식을 만드는 오빠에게 장난을 치다가 한 소리 듣는 모습을 어머님이 보셨다. 어머님은 내 손을 잡아끌며 본인 옆에 앉히더니 자기 아들이지만 성깔이 못됐다며 너는 "쟤가 뭐가 좋냐?" 물으시길래 방긋 웃으며 말씀드렸다.

"잘생겼잖아요!"

그런 나를 어이없다는 표정으로 보시는 어머님께 물었다.

"어머니, 아버님이 잘생겼어요? 오빠가 잘생겼어요?"

어머님은 단 일 초의 망설임도 없이 대답했다.

"내 남편이 훨 잘생겼지. 쟈는 내 남편에 비하면 똥이여!"

오빠는 어느덧 어머님의 기억 속에 저장된 서른 후반 아버님의 모습, 아버님의 나이가 되었다.

똥이라도 좋다.
내 곁에 오래 머물러 주길!
겁 많은 나보다 조금만 더 오래 살아주길!
나는 당신을 먼저 보낼 용기가 없으니…….

#16. 거시기 레시피

조기 매운탕?
그거!! 가르쳐 주세용!
거시기를 치고 거시기를 넣어~♪~♪
윤여사! STOP!
그니께, 냄비에다가 거시기를 담고, 그... 뭐시냐... 그래, 거시기를 좀 넣고, 거시기랑 거시기를 넣는거여. 좀 끓이다~ ~ ~ ~ ~ ~
ㅋㅋㅋㅋ
뭐여? 흥 깨지게...
어머니, 처음부터 다시요~ 첫번째 거시기부터 알려주세요
칫...

연애를 시작한 첫해에 오빠에게 스파게티를 만들어 준 적이 있었다. 그때 미묘했던 오빠의 얼굴을 잊을 수가 없다. (웃음) 그 후로는 오빠가 우리 집에 와서 만들어 주는 음식을 제비처럼 받아먹기만 했는데 연애의 기간이 한 해, 두 해, 세 해가 넘어가자 슬슬 음식을 좀 배워야 하나? 생각이 들었다. 하지만 오빠의 입맛은 까다롭기 그지없어서 내 실력으론 어림도 없었다. 그도 그럴 것이 오빠의 지인들이 입을 모아 말하길, 어머님은 모든 사람을 엄지의 제왕으로 만드는 요리실력자였다. 그중에서 가장 으뜸인 것이 조기 매운탕이라 하니 배울 수 있으면 배워야겠다 싶어 기회만 엿보고 있었다.

찬 바람이 불어 매운탕 먹기 좋은 계절, 드디어 때가 왔다.

"어머니, 조기 매운탕은 어떻게 끓여야 맛있어요?"

"조기 매운탕? 잉! 그거슨 그 뭐시냐. 그 뭐지? 그 거시기 그것을 넣고."

"어머니? 거시기? 거시기요?"

"아, 참, 야가. 그래 거시기! 있잖여. 그 거시기를 넣고 다른 거시기를 넣어, 거기에……."

어머님 드실 국을 끓인다고 이미 주방으로 나가 있던 오빠는 황당함에 웃음이 터졌고, 나는 어머님의 레시피를 전수받을 각오로 입술을 꽉 깨물어 눈물인지 웃음인지 모를 것을 참고 거시기의 스무고개를 넘고 또 넘었다.

결국 나는 다음 기회를 봐야겠다 싶어 두 손을 들어 항복을 외쳤지만, 어머님의 조기 매운탕 레시피를 영영 모르게 되는 건 아닐까 불안함이 가시질 않는다.

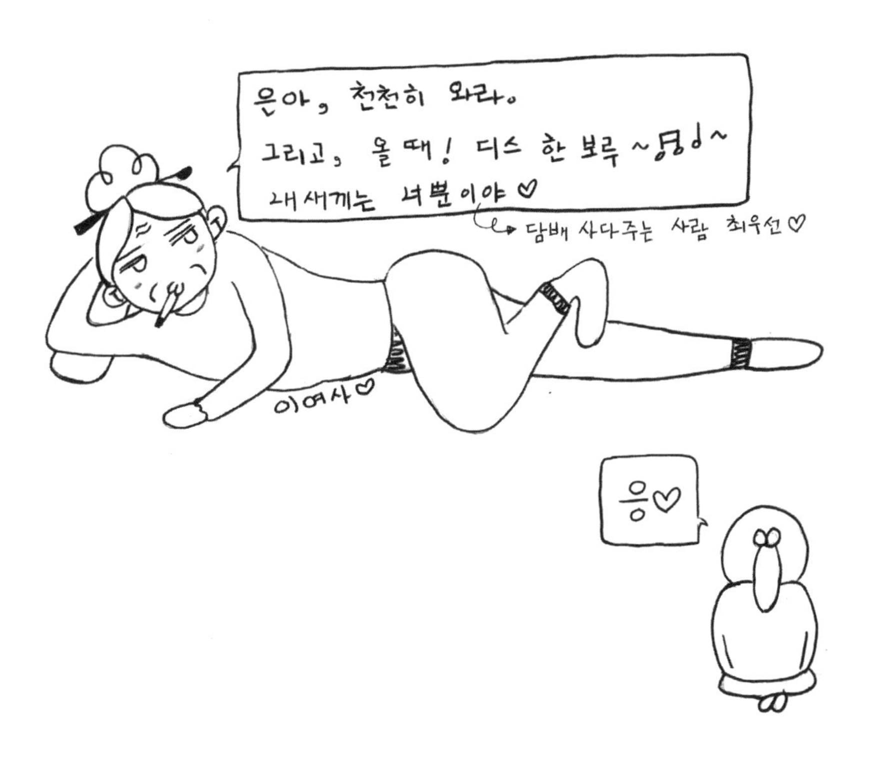

은아, 천천히 와라.
그리고, 올때! 디스 한 보루 ~ 응? ~
내 새끼는 너뿐이야 ♡
담배 사다주는 사람 최우선 ♡
이여사 ♡
응 ♡

어머님을 처음 뵈었을 때도 그랬지만 뵈면 뵐수록 우리 이여사(외할머니) 생각이 났다. 생김새나 말투는 전혀 닮지 않았는데도 뭐랄까, 분위기라고 해야 할까? 기운이라고 해야 할까? 그런 것이 닮았다. 어머님인 윤여사는 말씀도 조곤조곤, 행동도 조용조용, 부드러운 힘이 느껴지는 여장부라면 우리 이여사는 괄괄한 성격에 걸걸한 입담을 지닌 성격의 여장부였다. (웃음) 내가 사랑하는 두 여인의 공통점이라면 일찍 남편을 잃고 아이를 홀로 키우며 생을 보냈다 정도랄까.

어릴 적 이여사의 품에서 자란 나는 외조모에 대한 정이 조금 남달랐다. 이여사는 손쓸 새 없이 일어난 낙상사고의 골절 후 급격히 나빠진 지병으로 집이 아닌 요양원에서 돌아가셨다. 그때 느꼈던 상실감과 허탈함을 어떻게 설명해야 할까. 허망한 감정을 넘어 죄책감을 동반한 슬픔에 나는 일을 끝내고 집으로 돌아오는 늦은 밤, 종종 동네 놀이터 그네에 앉아 울었다.

시간은 쓰지만 잘 듣는 약이다. 애도의 시간은 점차 줄어들기 시작했고 나는 천천히 이여사(외할머니)를 놓아주었다. 그렇게 몇 년이 지나 오빠를 만나고 이여사님을 떠올리게 하는 어머님을 만났다. 누군가가 그랬다.

“잘해봤자 시어머니야. 가족이라고 말은 해도 결국 남이더라고.”

그 말 안에는 무수히 많은 의미가 있다는 것을 안다. 그리고 그 말이 누군가에게는 절실히 와닿는 말이라는 것에 동의한다.

하지만 어머님 댁에 오갈 때마다 함께 장을 보거나 병원에 함께 다닐 때마다 고맙다, 덕분이다, 말하며 웃는 남자를, 자신이 가장 좋아하는 생선구이 뼈를 예쁘게도 발라서 내 입으로 먼저 넣어주는 남자를, 우리 엄마의 생신 때마다 집으로 와서 미역국을 끓여주는 남자를 울리고 싶지 않다. 그리고 어쩌면 나는 죄책감을 덜어내고 있는지도 모르겠다. 이번에는 후회를 남기지 않겠다, 이번에는 떠나보내고 나서 울지 않겠다, 그렇게 다짐하고 또 다짐하면서 어머님을 통해 그때의 나를 용서하고 있는지도 모르겠다.

#18. 래퍼!

두고보자
이런! 식빵!
눈알 사탕을 쭉 뽑아불까!
시베리아 굴가 줄까!
나가? 욕을 했다고?
뭔 소리여? 나가 은제?
아닌척 오리발
내미시겠다?!
오리? 어디, 오리 요리 조리 맞아보리?
콱? 라한테 맞아볼라? 이 삐-삐-~
랩인가?
왜? 욕을 하셔!
어머니,
예전에
좀 노셨나?
왜? 양쪽에서 힐끗 대냐?
여든 랩퍼
고기를!!
씹어먹어 불라~
(틀니 우습게 보지 마라)

대표적인 치매의 증상 중 하나는 성격의 변화다. 온순했던 성격의 소유자가 폭력적인 성향으로 변하기도 하고, 다정했던 성격이 신경질적인 성격으로 변하기도 한다. 감정의 기복 또한 커져서 갑자기 화를 냈다가 웃기도 하고 울기도 한다. 이런 성격의 변화 외에도 본인의 기억력에 변화가 오기 때문에 친했던 이웃을 의심하기도 하고, 식욕이 급격히 늘어 음식에 대한 집착이 늘기도 하는 등 예측할 수 없는 여러 가지 갖은 변화들이 찾아온다. 어머님도 겪고 있는 과정이지만 그리 티가 나는 일이 없었는데 시간이 갈수록 그 변화는 예고 없이 퍼붓는 소낙비처럼 우리를 당황스럽게 했다.

설날을 보내고 맞는 주말, 어머님과 함께 점심을 먹고 드라마를 보며 옹기종기 앉아 서로의 입에 포도알을 넣어주고 있는데

"염병하네! 삐---- 시부럴 것이 삐---- 어디서 눈을 똑바로 뜨고 삐---"

어머님의 입에서 욕이 방언 터지듯 랩처럼 다다다다 흘러나왔다. 방 안의 온도는 밖에서 부는 찬바람이 스며든 것처럼 뚝 떨어졌다. 저번 달 병원 검진에서 의사가 갑자기 소리를 지른다거나 이유 없이 화를 내며 욕을 하는 등 흥분상태가 나타나지는 않느냐고 물었다. 그때는 그런 적이 없었다고 답했는데…… 날벼락을 맞은 듯 놀라서 어머님을 쳐다보다 마주친 오빠와 나의 눈에는 지진이 일었다.

지금, 우리 윤여사는 「고등래퍼」에 나가도 거뜬할 것만 같다.

#19. 거울아, 거울아!

니가 올해 몇이나 무겄냐?
마흔이~ 넘었지!
이늠의 시키가!! 존카 신발 사주라!! 내는 이제 오십 둘~
짠♡ 거울 좀 봐봐
욕이 늘었어...
매를 벌어요~!
저러다 맞지...
뭐여?! 내가 인자 오십이 넘었는디 거짓부렁 치지 말어!
엄마, 일흔이 넘었어!!
썩! 꺼져라~잉!!
이런 식빵!!
ㅋㅋㅋ

어머님은 우리에게 자주 나이를 묻는다. 그러다 가끔,

“엄마는 몇 살인지 알고?”

오빠가 되물으면

“나? 나야 뭐 지금 한 오십이 좀 넘었나?”

그럼, 그런가 보다 하고 넘어가는 나와는 다르게 오빠는 꼭 딴지를 건다.

“엄마, 지금 내 나이가 마흔이 넘었어!”

“이 육시랄! 그럼, 내가 육십도 넘고 칠십도 넘었단 말이여! 이 염병할 것이!”

어머님에게 욕을 한 바가지 들은 오빠는 분한 듯이 일어나더니 서랍장 위에 있던 손거울을 가져와 어머님 얼굴이 잘 보이게 들고 기어이 한마디를 한다.

"거울 좀 보셔!"

"이게 누구냐? 나냐? 이런, 염병 삐----------------"

기억이 어긋난 어머님 말씀에 '아프시니까'라며 넘어가는 나와는 다르게 딴지를 걸고야 마는 오빠의 마음을 안다. 자신의 엄마가 치매라는 병에 걸렸다는 걸 알고는 있지만 그것을 온전히 받아들이는 것은 힘든 일이다. 그러니 오빠는 조금이라도 붙잡고 싶은 것이다. 어머님의 기억을.

epilogue

사 년이라는 시간을 함께했다. 이제 슬슬 결혼의 시기를 고민해야 했다. 서른을 넘어서도, 마흔을 넘어서도 안정적인 상황이라 말할 수 없던 서로는 쉽게 결혼을 결정하지 못했다. 잠들지 못하는 밤이 지속되고 있었다.

오전부터 비가 내릴 듯하더니 기어이 퇴근쯤엔 비가 날렸다. 비가 오면 으레 그렇듯이 몸도 조금은 가라앉는다. 추운 집으로 가는 것이 내키지 않았던 나는 어머님 댁으로 발걸음을 옮겼다. 온기가 있는 작은 아파트는 들어가 누우면 바로 잠들 수 있을 것만 같았다.

"어머니, 저 왔어요."

어머님은 문을 열고 들어오는 나를 웃으며 맞아주셨다. 날이 추운데 혼자 왔냐며 본인은 덮고 있지도 않던 이불을 꺼내 덮어주셨다. 따뜻한 이불 안으로 들어가 있자니 스스륵 눈이 감겼고 수십 분이 지나서야 눈이 떠졌다. 눈을 뜨자 보이는 모습은 무릎을 꿇고 앉아 불경을 외는 어머님의 모습이었다. '하루에 몇 번을 외시는 걸까?' 불경 소리가 자장가처럼 귓가에 맴돌아 일어나야 하는데도 이불 아래 누워 어머님을 바라만 봤다. 이내 기도를 끝낸 어머님께 물었다.

”어머니, 아버님 보고 싶지 않으세요?“

대답을 바라고 물은 것이 아니었는데 그런 나를 물끄러미 보던 어머님이 말씀하셨다.

”왜 안 보고 싶겄어. 보고잡지. 해도 떠난 사람에게는 사랑을 말하는 게 아니여. 알았제?“

그 말이 얼마나 서글프게 느껴지는지 심장이 눈으로 왈칵 쏟아질 뻔했다. 방긋 웃는 어머님 앞에서 우는 건 아니란 생각에 이를 악물고 간신히 고개만 끄덕였다.

남편을 길 위에서 잃은 그녀는 사랑이 얼마나 아팠을까? 다시는 얼굴을 보며 ‘당신을 사랑한다’ 말할 수 없으니 그 마음이 얼마나 사무쳤을까? 혹여 떠나는 그의 뒤에서 절절하게 사랑을 외치면 좋은 곳으로 갈 수 없을까 봐 묵묵히 앞만 보며 살아오신 듯했다.

세상에는 부르지 못하는 사랑도 있다는 걸 너무 일찍 알아버린 어머님은 사랑하는 이를 보내며 차마 하지 못한 사랑한다는 말을 잘게 쪼개고 쪼개서 함께 살아갈 아들의 눈으로, 입으로, 귀로 넣어주며 살아오신 분이셨다. 그래서 그렇게도 내게, 오빠가 빛나 보였나 보다.

결혼의 시기를 고민하는 내가 바보 같았다. 안정되지 않았지만 적어도 우리는 서로를 마주 보며 사랑을 말할 수는 있는데 언제부터 평탄한 길만 걸어왔다고……. 이젠 넘어져도 같이 넘어질 테고 쓰라림도 내가 아닌 우리 몫일 텐데. 그는 나를 일으켜 세워 줄 순 없어도 자신의 등 뒤로 보내 숨을 고르게 해줄 사람임은 분명한데 무엇이 그리 겁이 났던 것일까?

우리는 5년을 꽉 채워 연애했다. 그리고 2015년 11월 15일 결혼을 했다. 집도 절도 없이, 그 흔한 혼수도 패물도 없이, 금도 한 톨 들지 않은 커플링을 끼고서 하나가 되었다.

지금 함께 살아갈 누군가가 있는 당신이라면 부디 등 뒤에서 사랑을 말하지 않기를, 함께하는 시간이 사랑스럽기를, 그 시간이 당신을 반짝반짝 빛나는 사람으로 만들어 주기를.

임을 기리는 모든 별의 노래에 기대여 바라고 바라본다.

오!
우리 윤여사님 꺼다♡
딱이네 !!

3부

사랑스러운 시간

prologue

그리 큰일이 있는 것도 아니고 특별한 기념일도 아닌 흘러가는 날 중에 하루. 흐리지도 않고 눈이 부실 만큼 쨍쨍하지도 않은 날에 모처럼 평소 퇴근 시간보다 일찍 사무실을 나서 집으로 가려다 '아, 오늘은 어머님 댁에 들려서 함께 저녁을 먹어야겠다'는 생각이 들어 발길을 돌렸다. 이런 날은 지하철보다 버스를 타는 게 좋겠다 싶어 조금 걸었다. 쇼핑할 생각은 아니었는데 눈에 들어오는 빨간 스웨터에 어머님 얼굴이 그려져서 홀린 듯이 가게로 들어갔다. 빨간 스웨터가 담긴 쇼핑백을 손에 들고 나오자 이웃한 도넛 가게에서 풍겨오는 달달한 기름내에 '꼴깍' 침이 넘어가 팥을 듬뿍 넣은 도넛도 한 봉지 품에 안았다. 그러고도 한참을 여기저기 기웃대다 정류장 앞 죽집에서 전복죽을 포장해 버스에 올랐다. 양손에 가득 든 물건을 품에 안고 자리에 앉자 버스 유리창에 비친 바보같은 내 얼굴에 웃음이 났다.

달달한 기름내를 폴폴 풍기며 어머님댁에 들어서서 "어머니, 저 왔어요" 하며 신발을 벗고 저벅저벅 안방으로 들어갔다. 날 보며 곱게 웃는 어머님 앞에 철퍼덕 주저앉아 밥도 먹기 전이건만 도넛 하나를 어머님 입에 넣어드린 후 내 입에도 하나 넣어 오물오물 씹어 삼키며 손에 묻은 설탕까지 쫍쫍 핥은 다음 짜잔! 하며 빨간 스웨터를 어머님께 보여드렸다. 기어이 "곱다", "예쁘다"는 말을 듣고서야 자리에서 일어나 포장해온 전복죽을 그릇에 담아내면서 조잘조잘 떠들며 어머님을 바라보았다. 어머님은 어느새 장롱에서 분홍 보자기를 꺼내 그 위에 내가 사 온 빨간 스웨터를 곱게도 개어 놓으시며 웃음 가득한 얼굴로 연신 "곱다", "곱다" 하셨다. 어머님의 그 모습에 괜히 눈가가 붉어졌다.

스물이 조금 넘어서부터는 울 일이 없었는데 아니, 눈물이 나오지 못하게 가득 안으로 잠그고 온몸이 수분기로 가득 차 비워야 할 때쯤 아무도 없는 시간, 화장실에 앉아 터트리고는 물을 내려 흘려보냈건만 오빠를 만나고 결혼을 한 뒤로는 자주 이렇게 눈물이 났다.

앞으로 얼마나 많은 시간이 나와 어머님에게 남아있는 걸까? 부디, 사랑스러운 당신을 오래오래 내 눈에 담을 수 있길. 그래서 나밖에 몰랐던 내가, 내 옷보다 당신의 고운 옷을, 당신이 좋아하시는 음식을 양손에 쥐고, '어머니' 하며 이곳으로 달려와 만들어가는 사랑스러운 시간을 차곡차곡 쌓을 수 있길.

늘 당신께서 손에 쥐고 기도하는 낡은 염주 한 알에 살짝 끼워 빌어본다.

#20. 며느리라는 이름표

결혼을 하고 나서도 내 생활에는 큰 변화가 없었다. 오빠의 배려로 신혼집을 친정집 바로 위층으로 정했기에 더 그랬는지도 모르겠다.

결혼을 앞두고 오빠는 내게 말했다.

"나도 모시고 살지 못했던 엄마를 당신에게 모시고 살아달라고 말 못 해. 더구나 우리가 엄마의 생을 책임질 만큼 안정적이지도 못하고. 지금처럼만 부탁할게. 그래도 나중에 돌아가시기 전에 일 년 정도는 모시고 살았으면 좋겠는데…… 그때도 자기는 엄마랑 이야기하고 노는 것만 부탁해. 나머지는 내가 할게."

연애하는 5년 동안 한 달에 두세 번씩은 어머님을 찾아뵈었다. 친정엄마와 같을 순 없어도 이제는 내게도 소중한 분이셨기에 당연한 일이라 생각했다. 하지만 막상 결혼을 하니 형체 없는 의무감이 찾아왔다. 더불어 그만큼의 부담감이 나를 묵직하게 눌렀다. 시간이 허할 때마다 편하게 찾아뵙던 마음이 못해도 일주일에 한 번은 꼭 뵈러 다녀야 할 것만 같은 의무감으로 돌변했다. 연애할 때는 혼자서도 잘 다니던 어머님 댁이었는데 묘하게 발걸음이 무거워졌다. 오빠도, 어머님도, 그 누구도 내게 이래라저래라 하지 않았건만 나는 괜한 눈치를 보며 이유 없는 방어 태세에 돌입하고는 했다.

사람 마음이 이런 것이었나……?

엄마, 엄마는 어떻게 그 몇십 년을 며느리로 산 거야?

#21. 오빠의 울음

연애기간 5년. 우리는 무수한 터널을 지나왔다. 그 어두운 터널을 지날 때도 오빠는 내 손을 잡아주며 웃어주던 사람이었다. 가끔은 그 웃는 얼굴이 안쓰러워 차라리 울지 싶었다.

어느 날 새벽, 잠결에 꿈인가 싶었다. 점점 생생해지는 울음소리에 놀라 잠에서 깼다. 옆자리에서 자고 있던 오빠가 어린아이처럼 엉엉 울고 있었다. 놀란 마음에 "오빠?" 하고 불렀다. 대답 대신 서러운 울음소리만 들려왔다. 가만히 오빠의 얼굴을 들여다보니 얼마나 서러운 꿈을 꾸는지 베개가 젖을 정도로 눈물을 흘리고 있었다. 깜짝 놀라 오빠를 깨웠다.

"오빠, 무슨 일이야? 자면서 왜 울어? 꿈꿨어?"

잠에서 깨어났어도 여운이 가시질 않는지 오빠의 얼굴에는 아직도 울음이 묻어있었다.

"꿈에서…… 엄마가 돌아가셨어. 순간 너무 외로워서 '아! 나는 이제 이 세상에 혼자 남아버렸구나.' 그런 생각이 들어서……."

점점 붉어진 오빠의 눈을 보면서 다짐했다. 절대 어머님 때문에 오빠와 싸우지 않겠다고.

차라리 울었으면 좋겠다 바랄 때도 있었는데
어린아이처럼 엉엉 우는 오빠의 얼굴에 이렇게 가슴이 저밀 줄은 몰랐다.
한참 전에 이불 밖으로 나온 손도
우는 오빠의 얼굴에 놀란 마음도 차갑게 시린 새벽이었다.

#22. 윤장금

싱겁게 해요! 엄마, 짠거 좋지 않아요!
응!
싱겁게?? 우리 윤장금 여사, 맛없으면 안 드실텐데
20분 경과...
미역죽 인가? 미역이 사람한테 참 좋다! (네 번째 반복하심)
어머니, 혹시 맛이 없나요?
좋지 않는 양
미역죽 인갑네! 미역이 사람 한테 참, 좋다!
많이, 드세요!
응!
괴맛도 개맛도 없다!
애미야, 소금은 쳤냐?
이것 봐! 두고보자 김윤재! 크르릉~

결혼 후부터 나는 본격적으로 음식을 하기 시작했다. 서른이 넘어서도 엄마 밥을 받아먹었으니 음식을 하는 나는 퀘스트(Quest)를 앞두고 도전을 외치는 용사 같았다. 다행히 결혼 일 년 후부터 제법 맛있다는 평을 받기 시작했고 가끔이나마 어머님 댁으로 갈 때 애용하던 유명 죽집과 설렁탕집에 안녕을 고할 수 있었다. 그날도 사지 않고 손수 만든 음식을 가지고 간다는 사실에 죽을 끓이는 내 어깨는 산처럼 솟아올랐고 코는 하늘에 닿을 것 같았다. 하지만 얼마 못 가서 솟은 어깨와 하늘 무서운지 몰랐던 코는 기세를 잃었다.

친정엄마의 친구분이 울진에서 보내 준 미역으로 죽을 끓이던 중 부엌으로 얼굴을 내민 오빠가 말했다.

"은정아, 엄마는 짠 건 좋지 않으니까 싱겁게 해주면 좋겠어."

"응."

대답은 했지만, 마음 한구석은 석연치 않았다.

예감은 틀리지 않았다. 정성스레 끓여 온 미역 죽을 한 수저 맛본 어머님은 미역이 사람 몸에 참 좋다는 말씀만 반복하며 더 이상 죽을 드시려 하지 않았다. 보다 못한 내가 한 수저만 더 드시라 권해도 이리저리 내 눈치만 보며 눈을 돌리셨다.

"어머니, 혹시 맛이 없나요?"

"응. 아무 맛두 안 나."

오빠 말을 듣지 말았어야 했는데! 가끔 어머님의 금지옥엽은 적인지 동진지 헷갈릴 때가 있다.

#23. 내 맘 같지 않네

"내 마음 같지 않다."

사람 때문에 속상할 때마다 친정엄마가 달래듯 해주던 말이었다. 우리는 어디서부터 어디까지 그분을 이해해야 했을까?

오전 열한 시에서 오후 한 시까지, 방문 요양 보호사 선생님이 다녀가는 시간이다. 혹여 어머님이 끼니를 챙겨 드시지 못하면 어쩌나 했던 걱정을 조금 덜 수 있게 되었다고 생각했는데…….

오빠와 내가 점심시간에 시간을 내서 혹은 월차나 반차를 쓰고 어머님 댁을 찾을 때마다 그분은 종종 어머님이 깔아놓은 이불 안에 누워있거나 잠을 자고 있었다. 한번은 되려 어머님이 그분의 다리를 주물러 주고 있는 것을 본 적도 있었다. 몸이 좋지 않았을 수도 있고, 요양 보호사의 일이라는 것이 쉽지 않다는 걸 알고 있으니 하루 이틀 정도 편히 쉬고 싶은 날일 수도 있지 않겠나. 나만 해도 도저히 힘을 낼 수 없는 날이 있으니. 속은 상했지만 그럴 수 있다 이해하려 했다. 그런데 그런 일이 반복되자 믿음은 사라지고 의심만 남았다. 보통은 일을 하다 숨을 고르던 시간, 오후 세 시에서 네 시 사이에 걸던 어머님 안부 전화를 그분이 어머님 댁에 머무는 시간에 하기 시작했다. 의심은 점점 사실로 굳어졌다. 그분은 있어야 할 시간에 있지 않았고 그 횟수가 선을 넘자 오빠는 센터로 연락을 취해 요양 보호사 교체를 요구했다.

내 마음과 같은 마음을 바라지 않는다. 다만 적어도 당신이 받는 돈 만큼의 정성은 보여주었으면 한다. 너무 천박한 표현이라 생각할지도 모르겠다. 돈 만큼의 정성이라니. 하지만 진심으로 하는 말이다. 가족이 아닌 이에게 가족을 맡기며 할 수 있는 것은 가족을 위해 하루하루를 살아내며 받은 대가의 일부를 내어주는 것이니.

여담이지만 그 후부터 지금까지 어머님 댁으로 방문하는 요양 보호사 선생님과는 육 년을 함께 해나가고 있다. 덕분에 어머님의 이십사 시간 중 세 시간은 햇살에 얼음이 녹아 흐르는 냇물처럼 반짝거린다.

#24. 마법의 빗질

요리 와서~
앉아봐!
??
머리 잘랐냐?
(좀 예쁘네!)
ㅋㅋㅋ
아따,
드럽게 기네!
이여사님♡
윤여사님♡
머리는 감고 다니냐?
잘 감고 댕기는 갑소!
나의 요정 할머님 두분♡
비비디 바비디 부~

그날은 삼월의 초입에도 불구하고 따뜻함이 온몸을 감싸는 완연한 봄날이었다. 늦잠을 자버린 나는 머리를 감고 말리지도 않은 채 고무줄로 대충 묶고 어머님 댁으로 갔다. 어머님은 요즘, 때때로 나를 기억하지 못하신다. 결혼하고 일 년 정도는 여자친구와 며느리 사이를 오락가락은 해도 내가 누군지는 알았는데 이제는 오빠가 옆에 있지 않으면 종종 나를 잊으셨다. 그래도 "어머니, 저 왔어요" 인사를 하며 들어서면 "어여 와" 하며 반겨주신다. 그날도 헤실헤실 웃으며 들어서는 나를 보던 어머님은 내 손을 끌어 자신의 앞에 앉혔다. 무슨 일이지 의아해서 등 뒤에 어머님을 보려고 고개를 돌리려는데 마디 굵은 어머님의 손이 내 뒤통수에 닿았다. 마르지 않은 채 묶은 머리 고무줄을 풀더니 분홍 빗으로 머리카락을 빗겨주셨다. 아! 다시는 이런 일이 없을 줄 알았는데……. 어릴적 유일하게 내 머리카락을 빗겨주던 외할머니가 살아 돌아온 것만 같아 그리움이 눈으로 뚝뚝 떨어지려고 했다. 한참 빗질을 해주던 어머님은 마디 굵은 손으로 머리카락을 땋고 말아 핀으로 꽂아주셨다. "예뻐요?" 내가 어머님을 향해 고개를 돌리자 "곱네" 하며 웃으셨다.

얼마 지나지 않아 오빠는 늘 곱게 빗은 머리카락을 단단히 땋아 올려 비녀를 꽂던 어머님의 머리카락을 짧게 잘라드려야만 했다. 엉덩이까지 오는 긴 머리카락은 어머님 스스로 관리하기에는 어려운 일이 되어버렸다. 머리 감는 일을 깜박하기도 했지만, 긴 머리카락을 말리고 엉키지 않게 빗어내는 과정들이 순탄치 않으니 머리카락을 땋아 올린 채로 물만 묻히고 마는 횟수가 늘어났다. 어머님의 병환은 더 이상 당신에게 긴 머리카락을 허락하지 않았다.

오빠는 어머님의 머리카락을 자른 후 머리를 감겨드렸다. 나는 머리를 감고 나온 어머님의 짧아진 머리카락을 빗겨드리며 주문을 외웠다. 어릴 적 외할머니가 읊조리던 마법의 주문.

"길어져라, 길어져라. 너에게 오는 슬픔의 길이 길어져라."

언젠가 내가 누군지 잊어버릴 당신께 내가 당신의 며느리이자 딸이라고 알려 드려야 하는 슬픔이 찾아오는 길이 길어지길.

"길어져라. 길어져라. 길어져라!"

#25. 풀은 밥풀이 최고여!

반짝
반짝
Sale
100%
순살
반짝
1+1
어여 와!
어디가 워때서?
(쟈가 왜 저래?)
예쁘기만 허구만! 알록 달록
쳇!
(신기방기) 근데요, 어머님~!
풀도 없이 어떻게 붙이셨어요?
1+1
엄마~
이게 뭐예요!!
풀이 왜 없냐?
풀은 밥풀이 최고여!
새겨 들어라잉^
오~

장마가 오기 전에 어머님 댁 대청소를 하고 도배도 새로 했다. 따뜻한 느낌이 감도는 베이지색 벽지가 예뻐서 잘했구나 싶었는데…… 다음 주 주말,

“엄마!”

안방에 먼저 들어선 오빠의 놀란 목소리가 들렸다. 깨끗이 도배를 마친 벽에는 동네 마트에서 돌린 알록달록한 광고 전단지가 한쪽 벽면에 곱게도 붙여져 있었다. 전단지 종류도 다양했다. 그것을 발견한 오빠는 놀랐다가 이내 허탈한 한숨을 내뱉었다. 안타깝지만 어쩔 수 없었다. 어머님이 앓고 계신 병이란 세 살 아이를 돌보는 것과 같은 일이 다반사이니.

“어머니, 근데 이건 어떻게 붙이셨어요?”

“어떻게 붙이긴 밥풀로 붙였제. 붙이는 데는 밥풀만 한 게 없어야.”

예상치 못한 어머님의 답변에 웃음이 나왔고 그제야 오빠의 얼굴도 조금 풀어졌다.

집으로 돌아와 친정엄마와 밥을 먹으면서 "엄마, 오빠가 속이 많이 상했을 거야" 하며 낮에 있었던 이야기를 하니 엄마는 뜬금없는 이야길 하기 시작하셨다.

"너 대학 때문에 서울로 이사 오면서 내가 한동안 집에만 있었잖니. 석훈이도 학교랑 학원으로 바빴고. 갓 대학에 입학한 너는 당연히 얼굴 보기 힘들었고. 아는 사람은 없지, 어디 나가서 구경하는 것도 한두 번이지. 집에만 있게 되는 시간이 많았어. 외롭더라고. 이러다가 우울증이 오려나 싶은 생각이 드니까 안되겠다 싶은 거야. 그때부터 집안 곳곳을 보기 시작했지. 하루에도 몇 번씩 청소기를 돌리고 걸레질을 하고 냉장고 청소를 했어. 생각해 봐라. 그때의 나도 그랬는데 몸도 마음도 성치 않은 분은 어떻겠니? 하루종일 그 방안에서 무얼 하실지 생각해 봐."

못났지 정말. 어머님이 집안에만 계시는 걸 다행이다 생각했다. 척추 장애로 오래 걷지 못하는 사실도 행여 나가도 멀리 못 가실 테니 빨리 찾을 수 있지 않을까 생각했다. 왜, 더 빨리 어머님의 시간을 들여다볼 생각을 못 했을까? 난 언제쯤이면 깊어질까? 댁으로 찾아뵐 때 어머님이 종종 베란다에 앉아 밖을 구경하다 맞아주시던 모습이 이제야 눈에 맺혔다.

#26. 성실한 남자를 알아보는 방법

오빠 없이 혼자 어머님을 찾아뵌 날, 깜박 나를 잊으신 어머님은 내게 나이를 물으셨다. 처음에는 당황스럽기도 하고 서글픈 마음도 들어서 "어머니, 저 어머니 며느리예요" 말씀을 드렸지만 내가 누군지가 그녀에게 그리 중요한가 그런 생각이 들어 어머님 하시는 말씀에 맞춰서 이야기를 나누었다.

"스무 살이요."

"그래? 시집가야겄네."

"그럼, 어머님이 좋은 남자 골라 주세요!"

"그려! 내가 잘생긴 놈으로 알아보마. 생긴 게 실한 놈이 일도 성실히 잘하는 법이여!"

"네?!"

어쩐지 사진첩의 사진 속 아버님께서 잘생긴 이유가 있었구나. 우리 윤여사님, 남자 얼굴 보셨어. 그러고 보니 묘하게 설득당하는 느낌이 들었다.

잘생긴 내 남편, 소처럼 일하자!
그럴수록 당신의 잘생긴 얼굴이 빛날지어다.

#27. 얼마냐?

빠진거 없이 다 샀죠? 쌀도 샀고~
우리 윤여사 또 놀라 시겠네。 돈이 어디서 났냐며~
어머니, 걱정마세요。 돈주고 산 거 아니예요! (세상 거짓말 쟁이)
산게 아니여? 그럼, 어서 났냐?
야들이… 미쳤구만… 이게 다 얼마여!!
돈이 어디서 나서…
오빠가 노래자랑에 나가서 일등 했어요!
오메!! 내새끼♡ 장허다!

이주 일에 한 번, 오빠와 함께 대형마트에서 어머님 댁 장을 본다. 주로 사는 것은 두유와 바나나, 부드러운 빵 종류의 과자들과 아이스크림이다. 행여 아무도 없는 시간, 배가 고프실 때 쉽게 찾아 드실 수 있도록 자주 여닫는 장롱과 냉장고 앞쪽으로 빵과 두유를 잘 보이게 놓아두고 나머지는 작은 방에 차곡차곡 정리해둔다.

장을 봐서 어머님 댁으로 들어선 날, 어머님은 언제나 눈을 동그랗게 뜨고는 "이게 다 뭐시여? 거하게 봤구만!"이라고 말씀하시며 이리저리 물건을 챙기는 오빠를 두고 슬쩍 내 손을 잡아 방으로 이끄시고는 근심 가득한 얼굴로 물어보셨다.

"저게 다 얼마치여? 야들이 미쳤구먼! 돈이 워디서 나서……."

"어머니, 이거 다 오빠가 노래자랑 나가서 1등하고 받아온 것이에요."

"오메, 장허다. 내새끼."

나는 어머님을 안심시키기 위해 점점 거짓말쟁이가 되어 간다.

그제서야 어머님은 웃으시며
껍질을 까서 손에 쥐어드린 바나나를 입에 넣으셨다.
물론 반을 잘라 내 입에 먼저 넣어주시는 것도 잊지 않으셨다.

#28. 내 눈을 바라봐

사랑해요 ... 사랑한다구 !!
아가~
네?
어머니 ♡ 어머니 눈이 훨씬 크고 예뻐요 !!
정답 ~♡
그치? ♡ 내가 왕년에는~ ~ ~ ~~
니가 뭘 좀 안다잉~
내 눈도 쟤 처럼 크냐? 응? !
이게 과연... 눈 크기를 물으시는 걸까?
대답 잘하자! 생각하자!
어머니, 어머니! 제눈도 예쁘죠?
뭐... 어렵구만...

결혼 후에도 어머님 댁에 와서 내가 하는 일이란 어머님과 함께 텔레비전을 보거나 어머님 손을 만지면서 도란도란 이야기를 나누는 것이 대부분이다. 그러다 가끔 어머님 덕에 크게 웃을 때가 있다. 물론 본인께서는 어디가 그렇게 웃을 일인지 통 이해가 가지 않는다는 눈으로 나를 보며 “뭐가 그리 우습냐?” 말씀하신다. 사실, 웃겨서라기보다는 그 순간이 사랑스럽기 그지없어서 나오는 웃음이 대부분이다.

“아야, 내 눈 좀 봐라. 내 눈이 크냐? 저기 티브이에 나오는 저 여자 눈이 크냐?”

눈을 동그랗게 뜨고 마치 애인에게 내가 예뻐? 쟤가 예뻐? 라고 묻는 것 같은 어머님의 얼굴에 웃음이 난다. 사뭇 진지하게 어머님의 눈이 그 어떤 여자보다도 크고 예쁘다며 옆에 찰싹 붙어서 애교를 떨다 보면 어느새 오빠가 있는 부엌 쪽에서 맛있는 냄새가 풍겨온다.

부디 이같이 사랑스러운 시간이 나와 그녀에게 많이 남아있기를…….

#29. 팬티 두 장

에잉~ 어깨가 춥겠구먼! 못써~!
못써요? 예쁜데~
그랴! 내일 춥다니께 두개 입어라잉~
응♡ 세 개!! 입을께요~
앙댜! 여자는 몸이 따셔야 혀! 추울땐 팬티도 두개씩 입어!
두개씩이요? ㅋㅋ
안돠! 세개는 앙댜~
왜요?
배가 졸려서 밥을 못 먹어!
ㅋㅋㅋ

찬 바람이 불기 시작하면 추위를 잘타는 오빠에게 내복은 없어서는 안 될 필수품이다. 그에 비해 나는 멋 부리다 얼어 죽어도 좋다는 주의라 겨울이면 아래, 위로 내복을 입는 영감님이랑 실랑이가 벌어진다. 더 입어라, 싫다, 밑에도 내복 입어라, 스타킹 신는데 내복을 어떻게 입냐, 솜 들어간 바지로 입어라, 내가 할머니냐.

"그러면 팬티라도 두 장 입어!"

"네?"

황당하긴 해도 팬티 두 장으로 합의 본 나는, 조금 시일이 지나 방문한 어머님 댁에서 알아버렸다. 그날 오빠가 왜 팬티 두 장을 외쳤는지를.

"내일은 춥다니께 팬티 두 장 입어라."

어머님이 말씀하셨다. 아! 팬티 두 장의 유래가 윤여사님이셨구나.

#30. 뉘기여?

어머니~
저,
왔어요~
누기여?
올케는 어디서 오는가?
(일단 찍자!!)
어머니,
저, 은정이에요!
올케!!
며느리!!
그랴! 누가 뭐랴?
방금, 올케라고?!
저게,
뉘기여?
그려...
어머니, 손 좀
씻고 들어갈께요
누가? 내가?
괴, 귀가 이상한 갑네!
(우기자!!)

오늘도 내일과 같다면 더 살아야 하는 걸까? 그렇게 지지부진하게 산을 넘던 날도 있었는데 오빠를 만나 결혼을 하고 삶은 바쁘게 흘러갔다. 특히 결혼 삼 년 차를 맞이하는 2018년도는 지나온 두 해 보다 더 빠르게 흘렀다. 내일을 넘어 미래를 보는 힘이 생겼다고 해야 할까? 누군가는 그것을 희망이라 부르기도 한다지만 나에게 희망은 언제나 절망과 함께였던 터라 쉽사리 그 단어를 쓰거나 입에 올리지 못했다.

지금보다 행복하기 위해서, 아니 정확한 말로는 잘살아 보려고 이를 악물었던 나는, 나를 달래기에도 숨이 찼다. 아침 아홉 시부터 오후 여섯 시까지는 회사, 오후 일곱 시부터 열 시 반까지는 학원으로, 주말에는 보강과 실전 모의고사가 기다리고 있었다. 일과 병행하며 준비하는 자격증 시험은 생각보다 쉽지 않았고 피로감에 몸이 무거워졌다. 그래서였을까? 그게 누구든 나 아닌 다른 이에게 시선을 주기가 힘에 겨웠다. 자연스레 어머님과 함께하는 시간은 줄어들었고, 그런 사정을 봐줄 리 없는 어머님의 병은 조금씩 진행되어 가고 있었다.

횟수와 시간은 줄었어도 한 번씩 오빠와 함께 찾아뵈었고 요양 보호사 선생님, 치매 치료 선생님도 특별한 말이 없었기에 알아채지 못했다. 마지막으로 얼굴을 뵌 지 한 달 만에 나를 보는 어머님의 눈에 의아함이 서렸다. 알 수 있었다. 어머님의 기억 속에서 내가 지워졌다는 것을.

그래서? 뭐가 달라졌는데? 묻는다면 그전과 크게 달라지진 않았다. 다만 어머님을 뵈러 갈 때면 나는 나를 잊은 어머님이 당황하지 않도록 현관문 입구에서부터 군인처럼 소속을 외치며 들어선다.

"어머니, 어머니 아들 김윤재의 부인, 은정이가 왔어요!"

#31. I'm your 며느리

나를 잊으신 어머님은 나를 같은 동네에 사는 아가씨로 볼 때가 많았다. 그럴 때면 꼭 나이를 묻곤 하시는데 그다음으로 묻는 것이 결혼이다.

"시집은 갔고?"

"그럼요! 제가 어머니 며느리잖아요. 윤재 부인!"

이렇게 대답하면 보통 반응은 셋 중 하나다.

첫 번째: "그려! 누가 뭐랴? 니가 내 며느리여."
두 번째: "무슨 소리여? 우리 아들은 아직 중학생인디!"
세 번째: "아녀! 우리 며느리는 크고 예뻐!"

오늘은 삼 번이구나! (웃음)

#32. 목욕

어머니 ♡
우리, 목욕 할까요?
(한번에 가보자!)
컥!
아니, 아니요~ 덥잖아요!
시원하게 목욕 해요~♡
왜?
나, 똥 묻었나?
나는 춥다!
니나 해라!
(어림 없다!)
모시 반팔!
냉장고 바지♡
YOU Win!

모든 일이 별일이 되었다.

먹고, 자고, 싸고, 씻고, 청소를 하는 그런 일. 아침에 일어나 핸드폰을 확인하는 것처럼 별일도 아닌 그런 일들이 어머님에게는 점점 별일이 되어가고 있었다.

어릴 적 나는 일주일에 한 번 가야 했던 목욕탕이 싫었다. 숨 막힐 듯 올라오는 수증기도 싫었고 뜨겁기만 한 온탕에 이십 분이나 앉아 있으라는 세신사 아주머니의 요구도 싫었다. 게다가 아프긴 또 얼마나 아픈지 눈물이 날 정도로 아픈 이태리타월이 몸에 닿는 것도 싫었다. 하지만 무엇보다 싫었던 건 엄마 없는 목욕탕이었다. 다들 엄마 손을 잡고 오는 목욕탕인데, 나도 엄마가 있는데, 여기저기서 엄마들이 아이의 이름을 부르고 우유에 빨대를 꽂아 아이에게 건네는 모습을 보면 괜히 서러워졌다. 지금 생각해보면 삶이 바쁜 엄마도 어린 딸의 주머니에 만 원을 넣어주며 오죽 걱정을 했을까 싶지만. 그때의 나는 겨우 여덟 살이었고 고민은 짧았다. 몇 번 서러운 목욕탕 투어를 경험한 나는 목욕탕 대신 읍내 투어를 택했다. 그날 밤, 목욕탕에 다녀왔냐는 엄마의 물음에 누가 봐도 꼬질꼬질한 얼굴로 당당하게 "그럼!"이라고 대답을 하자마자 나의 등으로 엄마의 손바닥 스매싱이 세차게 날라왔다. (웃음)

요즘 나는, 그때의 내 얼굴을 그대로 옮긴 듯한 얼굴을 자주 본다.

"어머니, 우리 같이 목욕할까요?"

"니나 해라, 나는 아침에 다 했응께!"

아무리 봐도 그럴 리가 없는 얼굴로 태연하게 답하는 어머님의 얼굴은 딱, 여덟 살의 내 얼굴과 같다. 부쩍 아이 같아진 어머님을 욕실 앞으로 모시고 가는 데만 이십 분, 옷을 벗기기 위해 달래는 시간이 또 그만큼은 걸린다.

어쩌면 어머님은 여덟 살의 나처럼 혼자 보낸 시간이 서러우셨는지도 모르겠다. 어머님은 일주일에 한두 번, 나와 함께하는 그 몇 시간을 늘려보고 싶은 게 아닐까? 뜨거운 김이 모락모락 나는 욕실에서 아이처럼 투정을 부리는 어머님의 모습에 마음이 시린다.

#33. 약손

어머니~
우리, 로션 바를까요?
에게...
이걸 누구 코에 바르냐?
개미 똥꾸멍
애미야~
로션이 짜다!
좋은거여?
어디~ 한번~ 짜봐라~
며느리 손이 약손이죠~?
야가...
왜이런다냐~ 부끄럽게~

어려서부터 살림을 도맡아서 해온 어머님의 손에는 상처가 쌓여있다. 그 상처들은 가을이 깊어지면 빗줄기가 땅에 빗금을 치듯 투둑, 모습을 드러낸다. 치매 초기에는 살림을 손에서 놓지 않아 더 심했는데 이제는 물에 손을 담그는 일이 좀처럼 없어서인지 갈라져 피가 나는 일은 없어졌다. 그래도 갈라지는 현상은 여전한지라 찬 바람이 불면 나는 보습력이 좋은 핸드크림을 구비 해놓고 어머님의 손에 발라 드리면서 속삭인다.

"며느리 손은 약손, 며느리 손은 약손."

당신께서 어린 아들의 배를 쓰다듬으며 가슴 절절하게 속삭였던 기도처럼, 어지러움과 울렁거림에 물까지 올려내던 새벽에 내 옆에 누워 등을 쓸어주던 친정엄마의 아픈 기도처럼.

엄마 손은 약손, 엄마 손은 약손.

우리는 그녀들의 눈물이라는 약을 먹고 자라났는지도 모르겠다.

#34. 윤여사님의 질문

어머니 ^ 저 왔어요 ~
어여 ~ 오시오 ~
우리 엄니, 잘계시오? 어째 통 연락이 안돼서 ~
아~ 할머님! 어머니, 할머님은 ... 오래 전에 돌아가셨 ...
!! 아!
뭐?...
엄니는 ~ 뵙고 오셨소?
??
엄니?
엄...니!? 죽었다고? 어째서!?
어머니! 아니예요 제가 잘못 알았어요! π_π
어떻게... 오빠야 ~

어머님과 시간을 보내다 보면 앞뒤 없는 질문에 당황할 때가 있다. 처음에는 어떻게 답을 해야 할지 망설여졌다. 이를테면,

"저짝에 사는 용진네는 딸이 몇이나 되냐?"

순간 머릿속에는 용진이란 분은 어디 사는 누구며, 누군지를 모르니 딸이 몇 명인지 알 수도 없거니와 무엇보다 지금 내가 어머님께 누구로 인식되어 있는지도 모르니 어떤 답을 드려야 할지 감도 잡히지 않았다. 그냥 셋이라고 말씀드리고 말까? 어쩌지? 하는 물음표가 머리 속을 어지럽힌다,

얼마 전 내 대답에 충격을 받으신 어머님 얼굴을 본 후로 나는 더 조심스러워졌다.

"우리 엄니는 보고 오셨소?"

"엄니요? 아! 할머님이요? 어머니, 할머님은 돌아가셨잖아요. 엄마 보고 싶으시구나."

그때 어머님의 얼굴은 꼭 넋이 나간 것 같았다. 심장이 덜컥 내려앉았다.

나중에 요양사 선생님께 조언을 구하니 가장 좋은 방법은 정확한 대답 대신 어머님께서 흥미 있어 하는 다른 것으로 주의를 돌리는 것이었다. 그후로 나는 어머님이 답하기 어려운 질문을 하시면 베시시 웃으면서 말한다.

“어머니 오늘따라 더 예쁘시네! 뭘 드시고 이렇게 예쁘실까?”

epilogue

나는 말이 예쁘지 않은 아이였다. 욕도 꽤 걸쭉하게 내뱉는 건 물론이며, 상대를 아프게 찌르는 미운 말도 곧잘 했다. 그렇게 여물지 못했던 내가 생의 태풍이 한차례 지나가자 분기탱천했던 오만한 자존심이 고개를 숙였다. 나 스스로를 대단하다 여기던 시기가 지나고나니 그제야 남을 보는 시선이 생겼던 것이 아닐까. 남을 배려하지 못하던 내가, 사람을 유심히 보기 시작했다. 보기 시작하니 알게 되었고 알게 되니 마음이 쓰였다. 마음이 쓰이니 말이 조심스러워졌다.

자격증을 무사히 취득한 다음 해, 알고 지내는 지인들이 모이는 자리가 있었다. 오랜만에 보는 얼굴들은 친하든 그렇지 않든 반가웠고 서로의 안부가 오고 갔다.

"우리, 다음 주 목요일에 영화 볼까? 은정아, 어때?"

"아, 나는 목요일에 어머니 댁에 가야 해서 어렵겠네."

"매주 가는 거야?"

"응, 별일 없으면 수요일이나 목요일 그리고 주말에 오빠랑 같이 가지."

"주말에 가면 목요일 하루 정도는 뺄 수 있지 않니?"

"미안해. 다녀와야 내가 마음이 좋아서. 한동안 시험 때문에 많이 찾아뵙지 못했거든."

"너희 어머님, 낫는 병도 아니잖아. 치맨데."

맞다. 틀린 말이 아니다. 어머님의 주치의에게 듣는 말이기도 하고 나와 오빠가 어머님에 대해 이야기 나누면서도 한 번씩 하는 말이기도 하다. 하지만 그 어떤 말도 그 친구가 건넨 저 말처럼 가볍지는 않았다. 얼굴을 붉히며 언성을 높이는 일은 없었지만 아무렇지도 않게 넘기기엔 아픈 말이었다. 왜 너는 내게서 함부로 희망을 빼앗아가는 걸까?

"맞는 말이긴 한데 꿈이라도 꿔보자."

집으로 돌아오는 길, 그 친구의 말을 넘어 나를 돌아봤다. 예전의 나는 누구의 꿈을, 희망을, 기대를 얼마나 많이 가볍게 입에 올리고 버렸을까?

이루어지지 않을 꿈이라 하여도
꾸지 못할 이유는 없다는 것을
나는 너무 늦게 깨달았다.

다!
들어주세요!
별거 아니잖아요♡

4부

오늘도 변함없이

prologue

어머님은 하루에 한 번 기도를 하셨다.

기억이 온전치 못하다는 것을 아셨던 치매 초기에는 자신의 기억을 믿을 수 없었는지 하루에도 몇 번씩 기도를 하셨다. 치매를 앓고 있다는 사실조차 기억에서 사라져버린 후에는 자고 일어나서 기도하던 습관 때문인지 낮잠을 자고 일어나서도 기도를 하셨다. 어머님은 가진 것 없는 자신이 자식을 위해 유일하게 할 수 있는 것이 기도뿐이라고 여기셨던 것 같다.

어머님의 발과 복사뼈에는 오랜 시간 기도의 흔적이 겹겹이 쌓여있었다. 겹겹히 쌓인 굳은살은 어머님의 믿음처럼 단단하고 깊게 박혀있었다. 하지만 단단한 바위 같았던 굳은살은 일 년 전부터 어머님의 기도와 함께 엷어지고 있다. 방 한편에 놓여있던 불교 경전과 염주도 장롱의 한구석으로 밀려나고 말았다.

멈춰버린 기도와 함께 어머님의 시간도 멈춰버린 것일까? 나는 언제까지 어머님을 보며 웃을 수 있을까? 앞으로 나는, 오빠는 어떤 일까지 각오해야 할까?

어머님의 기억은 하나, 둘 사라져갔다. 기억이 아닌 자신 몸에 밴 습관이 먼저가 되어버렸다. 아끼고 절약하던 습관은 걱정거리가 되어버렸다. 전기코드가 꽂혀만 있어도 그게 무엇이든 뽑아버렸고 집안 곳곳에 늘어져 있는 전기제품의 선들은 돌돌 말아 묶어 어딘가에 숨겨놓으셨다. 그러니 유일한 연락 수단인 전화는 먹통일 때가 많았고 따뜻하게 지내시라 깔아놓은 온수매트로 방이 물바다가 되기도 하고 전기장판, 밥솥, 냉장고 등은 제 기능을 하지 못했다. 물건들이 고장 나는 건 큰일이 아니지만, 어머님의 몸이 상할까 걱정에 걱정이 꼬리를 물었다. 그러나 내가 할 수 있는 것이라고는 가스 밸브에 타이머를 설정하고 고장 난 제품을 바꿔드리고 어머님이 혼자 있을 시간에 자주 전화를 드리는 것. 그게 고작이었다. 내 앞의 생도 있으니 어쩔 도리가 없다고 스스로를 달랬지만 명치에는 늘 큰 돌 하나가 올려진 느낌이었다.

그런 날이 지속되자 오빠가 말했다.

"엄마 요양원을 알아보자. 이제는 요양원으로 모셔야 할 것 같아."

그것은 나를 위한 결정이었다는 걸 알았다.

"오빠. 우리 윤여사, 여기 떠나면 돌아가실 거 같아. 어떻게든 집에서 모셔보자."

진심이었다. 하지만 내 진심이 어떻든 간에 현실적으로 얼마나 더 어머님을 집에서 모실 수 있을지는 확신할 수가 없었다. 이런 나를 보며 친정엄마가 말씀하셨다.

"은정아, 기도해라, 기도해. 빌어. 때로는 눈에 보이지 않는 것이 내려주는 기적이 있단다."

사실, 마음은 내키지 않았다. 신을 부정하는 것은 아니었지만 믿음은 없었다. 아니 정확하게 이야기하면 미웠다. 해도 해도, 안될 때 너무 한 거 아니냐며 삿대질을 해댔고 내가 뭘 그렇게 잘못했냐며 신을 원망하기도 했다.

시작은 기도라고 말하기도 우스웠다. '당신의 존재에 대해 믿어볼 테니 정말 계신다면 날 좀 도와달라, 그러면 내가 착한 일도 좀 하며 살아보겠다' 반협박과도 같은 조건부 기도. 근데 이상하게도 기도를 하고 나면 마음이 조금 편해졌다. 그렇게 조금씩 내 생에 자리를 잡은 기도는 이것도 봐달라, 저것도 들어달라는 욕망덩어리, 그 자체였다.

기도를 시작한 지 일 년. 나는 여전히 욕심 많은 번뇌의 숲을 헤매고 있지만, 오늘을 살게 해준 것에 대한 감사를 드릴 줄은 알게 되었다.

이어받은 기도의 마지막은 오늘도 변함없다.

“다만, 제가 견딜 수 있게, 버틸 수 있게
후에 어머님이 제 곁을 떠나실 때
후회라는 단어의 그림자에 숨어 울지 않게 하소서.”

#35. 예뻐요!

어머니이~
흐흐흐~
우리 어머님은~
눈.코.입이 다 예뻐!
어쩜♡ 이렇게 예쁘셔!
야가~
왜이랴~
(저거 눈이 왜 저랴!)
오지마~
워이~
우쭐
우쭐
쟈가~
미쳤는 갑네!
다 늙은이가 뭐가 예쁘냐?

예쁘다, 예쁘다 하는 말에 웃음이 나지 않는 사람은 없다. 요즘 내가 어머님 집에 가서 가장 많이 하는 말은 "우리 어머니는 어쩜, 이렇게 예쁘실까!"이다. 그럼, 눈을 동그랗게 올려 뜨다가도 이내 예쁜 웃음을 지으신다. 치매가 진행되면서 어머님은 예전보다 웃는 얼굴을 보여주지 않는다. 요즘 어머님의 웃는 얼굴은 겨울을 이겨낸 봄과 같다,

실로 당신께서는 몇 번의 겨울을 이겨내신 걸까? 그리고 앞으로 겨울을 이겨낸 봄과 같은 어머님의 웃는 얼굴을 얼마나 더 볼 수 있을까?

#36. 오빠라 불리다

결혼 사 년 차의 여름, 생을 모조리 태우는 매미 울음소리가 오지 않았으면 하는 일이 눈앞으로 다가왔음을 알려주는 경고음 같이 들렸다. 보고 싶지 않았던 성적표가 코앞으로 내밀어져 '봐라, 이것이 현실이다'라며 기어이 우리에게 생채기를 냈다. 덤덤히 넘겼지만 마음은 이리저리 흔들렸다.

"엄마가…… 나보고 오빠래."

망연자실. 각오를 다지고 다졌다지만 오빠의 얼굴에는 슬픔과 두려움이 스쳤다. 저 사람 마음을 어떻게 위로해 줘야 하나? 이럴 때는 뭐라고 말해야 하나? 손에서 피가 빠져나가는 느낌이었다. 한여름인데도 내 손이 너무도 차갑게 느껴져서 오빠의 손을 잡아줄 생각조차도 하지 못 했다.

오빠는 나보다 더 바빴다. 집에서 나가는 시간은 평균 아침 여덟 시에서 아홉 시였지만 돌아오는 시간은 날을 넘긴 새벽이었다. 간신히 날을 넘기지 않는 날은 손에 꼽았고 잠이 부족한 오빠를 끌고 어머님 댁으로 가는 건 영 내키지 않아서 혼자 다녀오곤 했는데 전보다 자주 보지 못했던 아들을 잊으신 걸까? 어디까지 기억하시는 걸까?

며칠 후, 오빠와 함께 방문한 어머님 댁에서 어머님은 또다시 아들을 "오빠"라고 부르셨다.

우리는 어머님의 시간여행을 함께할 준비를 해야 했다. 드라마에서 의사들이 마지막 선고를 할 때의 대사가 머릿속을 울렸다.

"마음의 준비를 하셔야 할 것 같습니다."

누군가에게 물어보고 싶다.

"그 준비는 어떻게 하는 건가요?"

#37. 단호박죽과 작고 하찮은 멸치

아들 학교 준비물 사줄 돈도 부족했던 시절, 이가 아프면 치료 대신 이를 뽑은 어머님은 다른 어르신들보다 십 년이나 일찍 틀니를 했다. 보통 어르신들이 일흔이 넘어 처음 틀니를 하는데 어머님은 벌써 두 번째 틀니를 하게 되었다.

새로 한 틀니는 자리 잡기 전까지 아프고 힘든 과정을 지나야 했다. 씹으면 아프니 어머님은 틀니를 바로 끼지 않고 살짝 잇몸에서 띄운 채 끼고 계셨다. 그러니 씹어야 하는 음식들을 드시려 하지 않았다. 잘 드시던 오리고기도 마다하셨고, 소고기 뭇국이나 미역국도 국물만 호로록 드셨다. 너무 아파하니 치과에서 몇 번 교정도 봤다. 의사 말처럼 어느 정도는 참고 사용하는 방법이 최선이었지만 어머님은 요지부동 씹으려 하지 않았다. 이때부터 나는 단호박죽을 끓여가기 시작했다. 달달한 아이스크림을 좋아하는 어머님 입맛에 단호박죽이 맞지 않을까 싶었다. 부족한 단백질과 지방을 조금이라도 채웠으면 해서 찐 단호박에 물 대신 우유를 넣고 갈아 끓인 우유 단호박죽이었다. 다행히 단호박죽은 잘 드셨다. 순간 '이거다' 하는 생각이 들어서 챙겨온 잔멸치 볶음을 단호박죽 속에 쑥 밀어 넣고 '씹어주세요!' 간절한 마음을 담아 어머님 입으로 들어가는 수저를 바라봤다. 성공인가? 하는 순간 작고 하찮은 멸치가 어머님 입 밖으로 '툭' 튀어나와 밥상 위로 떨어졌다. 나는 속상한 마음에 애꿎은 멸치만 쬐려 보며 휴지로 상을 훔쳐냈다. (웃음)

다행히 삼 개월 정도가 지나자
틀니에 적응한 어머님은 잘 씹어 드셨다.
그리고 여전히 어머님의 최애는 내가 끓인 단호박죽이다.

#38. 싸우다

모 브랜드 세일 첫날이었다. 어머님 겨울맞이 옷을 장만하려고 조금 이른 시간에 집을 나섰다.

어머님의 체형은 교통사고로 인해 척추와 골반이 조금 틀어져 있어서 배에만 살집이 있고 다른 부분은 마른 편이다. 키도 몸집도 아담해서 옷을 고를 때 조금 고민이 된다. 배에 옷을 맞추면 가장 큰 사이즈를 사야 하나 사실 예쁘다 할 만한 옷들이 아닌지라 늘 실용성과 예쁜 디자인 사이에서 골머리를 앓는다. 이런저런 옷들 사이에서 한참을 고민하다 다운 조끼(남여공용) 라지사이즈 짙은 색으로 두 개, 라운드 티셔츠를 노란색과 초록색으로 한 개씩 골랐다. 때마침 일을 마친 오빠가 픽업을 와줘서 함께 어머님 댁으로 갔다. 그리고 우리는 대략 세 시간 후 대차게 싸웠다.

어머님 댁에 도착해서 함께 밥을 먹고 요리조리 목욕을 피하려는 어머님과 아이처럼 놀면서 목욕을 마쳤다. 어머님께 "아이고, 참 좋다"라는 말을 들으며 새 옷으로 갈아입혀 드렸는데, 새 옷을 입은 어머님의 모습을 본 오빠가 하는 말에 나는 그만 얼굴이 굳고 말았다.

"너무 큰데. 조끼도 그렇고 안에 티셔츠도 너무 크잖아."

사실, 아까 오빠 차에 타자마자 어머님 옷을 보여줬을 때도 오빠는 "좀 큰 것 같은데!"라는 말을 했었다.

그래, 옷이 좀 크다는 것은 인정한다. 하지만 나 역시도 숱하게 고민고민해서 고른 옷들이었다. 걷는 걸 불편해하는 어머님은 움직이실 때 엉덩이를 밀고 다니는 일이 많아서 꼬리뼈 윗부분에 굳은살이 배겨 있다. 엉덩이를 덮는 기장의 조끼라면 조금 덜 불편하시겠다 싶은 마음에 일부러 조금 큰 걸 산 것이었다. 조끼의 색이 좀 어두우니 안에 입을 티셔츠는 밝은색으로 골랐다. 그런 내 생각은 안중에도 없이 물어볼 생각도 하지 않은 오빠가 차 안에서부터 줄곧 크다고 핀잔만 주는 것 같아서 마음이 상해버렸다.

“그럼 내가 작은 옷으로 바꿔 오면 되는 거죠?”

나는 화가 나면 평소에 잘 쓰지도 않던 존대, 높낮이 없는 딱딱한 말투, 뚱한 표정으로 앞에 있는 사람을 한껏 바보로 만들어버리곤 했다. 오빠가 가장 싫어하는 나의 모습이기도 하다.

오고 가는 공방 속에 우린 서로 마음이 상했고 마지막 오빠 말에 나는 더 이상 말을 이을 수가 없었다.

“이제, 우리 엄마 내가 챙길 테니 힘들면 하지 마!”

우리는 연애 시절에도 서로의 부모님을 ‘너의 엄마’, ‘우리 엄마’라는 호칭으로 사용한 적이 없다. 오히

려 두 분을 모두 '엄마'라는 호칭으로 쓰다 보니 헷갈릴 때가 있어서 시어머님은 윤여사님으로, 친청엄마는 김여사님으로 불렀다. 우리 엄마라니……. 입을 꾹 다물고 그대로 집으로 돌아왔다.

도대체 어디서부터 잘못된 것일까? 이불을 머리끝까지 뒤집어쓰고 천천히 오늘 하루를 되돌아보았다.

'아, 이른 가을에 사다 드린 색 고운 스웨터, 어머님께서 참 좋아하셨는데. 나는 오늘 어머님 옷을 고른 것이 아니구나. 나는 오늘 환자인 어머님의 옷만 골랐구나.'

미처 생각지도 못했던 것이 그제야 눈에 보였다.

예전 모자 디자인숍에서 근무할 때 항암치료로 머리카락이 빠진 손님이 와서 여러 개의 멋스러운 모자를 맞추어 가면서 했던 말이 귓가를 울렸다.

"처음에는 머리를 가려 줄 아무 모자나 썼어요. 근데 그런 걸 쓰고 거울을 보면 나는 영영 환자처럼 살아야 할 것 같은 거야, '이대로 살다가 죽겠구나' 하는 생각이 들었죠. 몇 달 전 우리 딸이 이 모자를 사다 줬는데 병원에 가는 길, 유리창에 비친 내 모습이 처음으로 예뻐 보였어요."

누구보다 어머님의 상황이 마음 아팠을 오빠 눈에는
그 크고 어두운 다운 조끼들이 얼마나 미워 보였을까?
조금 더 마음을 썼어야 했다.

하지만 끝내 '우리 엄마'라는 말은 서운해서 오빠에게 그 말에 대한 사과는 받아내고야 말았다.

#39. 틀니 닦기

어머니,
다 드셨어요?
그려~
야가! 미쳤는 갑네!
이빨을 어떻게 빼서 주냐?
(뽑아주냐? 무서븐 것!!)
컥! 아니, 아니요~ 틀니요, 틀니!!
양치 해 드릴께요!
이빨 빼서 주세요♡
뭐여? 틀니!?
그니께! 틀니라고??
내 이빨을 언제 다 뽑아뿌랬냐?

주말에 어머님 댁에 가면 내가 맡은 임무 중 하나는 어머님의 틀니를 닦아드리는 일이다. 보통 오빠와 함께 갈 때는 오빠가 하는 일이지만, 오빠는 일 년 전부터 주말도 없이 바빠져서 내가 도맡아 하고 있다.

틀니 닦기는 일단 어머님께 틀니를 받아내는 것부터 시작이다. 깨끗하게 씻어 드리겠다고 해도 자기가 봐도 더러운 것을, 널 어떻게 주냐며 요지부동이다.

"한 번만요, 한 번만! 닦아보고 싶어서 그래요! 한 번만 하게 해주세요!"

보통 이 정도면 헛웃음을 치며 넘겨주시는데 가끔은 떼쓰기도 안 먹힐 때가 있다.

금덩이도 아니고 틀니 받아내기가 이렇게 간절할 일이라니. (웃음)

#40. 예쁜 옷을 입어야 할 때

2020년 4월, 나는 모든 경제활동에서 손을 뗐다.

스물다섯의 겨울부터 마흔이 넘도록 숨 돌릴 틈을 주지 않았던 생이었다. 나를 달래고 돌볼 시간이 점점 절실해졌다. 더 늦기 전에 제대로 된 미래를 바라보고 싶은 마음도 간절했다. 다행히 나의 남편은 기꺼이 비빌 언덕을 내어주었다. 고맙고 미안한 마음이 고스란히 어머님에게로 흘렀다. 이때부터 오빠가 하던 혹은 함께 하던 일들을 혼자서 하기 시작했다. 매주 토요일이면 죽을 만들고 갈아입을 속옷과 겉옷을 챙겨서 어머님 댁으로 갔다. 틀니 닦는 일부터 목욕 후 욕실 청소와 냉장고의 음식들을 확인하고 장을 보는 일까지 도맡아서 했다. 오빠는 고맙다는 말을 아끼는 사람이 아니어서 마음의 보상은 충분히 받고 있었다. 그게 뭐 그리 힘든 일이라고 생각했다.

힘든 건 몸이 아니었다.

아무것도 하고 싶지 않아, 움직이고 싶지 않아, 밖으로 나가고 싶지 않아, 가고 싶지 않아. 모난 마음이 불뚝불뚝 올라오는 날, 마을버스를 기다리는 내 모습이 정류장 앞 편의점 유리창에 비쳤다. 습도 높은 여름 날씨에 가라앉은 머리, 회색 반팔티셔츠에 통 넓은 검은 바지. '아, 일하러 가는구나. 최은정, 너 지금 일하러 가는 거야.' 어머님을 뵈러 가는 길이 어느새 일하러 가는 길이 되어버렸다는 것을 알았다.

마음이 울렁거리기 시작하자 눈으로 열기가 몰렸다.

다시 돌아온 토요일, 죽을 끓여놓고 부산하게 움직였다. 드라이기로 머리를 만지고 라인이 예쁘게 들어간 원피스를 입었다. 내가 좋아하는 큰 쇼퍼백에 죽과 옷가지들을 잘 챙겨 담고 집을 나섰다. 그랬다. 중요한 시험이 있는 날, 밤을 새우며 일을 해야 하는 날, 누군가를 설득해야 하는 날, 생의 언덕을 넘어야 할 때 나는, 누구보다 나 자신을 먼저 달래는 아이였다.

어머님 댁으로 가는 길, 거리의 유리창에 내 모습이 비치자 웃음이 났다. 예쁜 원피스가 발걸음에 즐거움을 실어주었다. 집안으로 들어서며 인사를 하는 내 목소리가 노래를 하듯 맑게 퍼진다.

"어머니, 저 왔어요! 며느리가 왔답니다!"

살랑살랑 예쁜 원피스를 입고 들어오는 나를 보는 어머님의 얼굴에 웃음이 인다.

#41. 어디가 예뻐요?

두-둥!
어머니~♡ 저는 어디가 제일 예뻐요?
뭐여?
저것이 또 시작이네
그 밑은 봤어야 알제! 그니께! 니는 딱 목까지여.
와~! 방금 나랑 목욕 하시고! 다~ 보셔놓고~!!
얼굴 예쁘다. 머리부터 모가지까지! 예쁘구만.
아니, 왜? 목까지만 예뻐요?
목밑은??
?!
그랬냐? 그라믄! 진짜 안 예쁜가보네.
없었던 일로!
그냥 못 보신 걸로 해요!

나는 목욕 후에 기분이 좋아지는 어머님에게 종종 장난을 친다.

“어머니, 나는 어디가 제일 예뻐요?”

“뭐여? 예쁘긴, 개뿔이 예쁘냐?”

“푸핫!, 아니 내가 이렇게 잘하는데 예쁜 데가 없다고요?”

남들이 보고 들으면 저 집 며느리는 참 예의가 없다며 욕 할지도 모르겠다. 다만 함께하는 시간만큼은 어머님이 웃으셨으면 하는 바람에 괜히 실없는 농담을 하며 웃고 어머님의 손과 발은 물론 몸 여기저기를 만지작거리며 귀찮게 한다.

어머님을 만나기 전, 치매라는 병은 감정도 앗아가는 것이 아닌가? 하는 생각을 할 때가 있었다. 어머님은 알츠하이머 진단을 받은 지 십 년이 넘었고, 병의 진행에 따라 약의 개수도 늘어갔다. 약에는 잠이 오거나 사람을 늘어지게 하는 부작용이 있다. 그렇다고 약을 빼달라고 하기에는 인지장애를 늦추기 위해서도 환자의 안정을 위해서도 복용하는 것이 좋다는 주치의 의견을 무시할 수 없다. 이따금 약을 드시고

'아무것도 하고 싶지 않다'라는 의사를 온몸으로 표현하는 어머님을 볼 때면 저 약이 꼭 필요한가 싶다가도 이유 없는 화와 짜증으로 우울해하는 모습을 보면 또 생각이 달라진다. 그런 어머님에게 내가 해드릴 수 있는 건 열심히 말을 걸며 손과 발을 만져 조금이라도 움직이시게 하고 농담을 하며 웃는 것. 그게 전부다.

어머님은 내가 웃으면 같이 웃으시고, 재잘재잘 떠들면 본인도 답을 하려 입을 여시고, 손을 잡고 주물러 드리면 남은 한 손으로 내 발을 주물러 주신다.

어머님은 치매로 기억을 잃었어도 마음만은 잃어버리지 않으셨다.

워째쓰까잉~!
열라가 손을 안놔서,
밥이라도 차려줘야 하는디
애기야! 가자!
마흔 넘은 애기!

가족사진을 찍기로 한 날이었다. 이른 아침부터 우리는 나갈 준비로 바쁘게 움직이고 있었다. 머리를 말리는 드라이기 소리를 넘어 핸드폰이 울렸다. 오빠의 입에서 “경찰서요?”라는 말이 나오자 나는 화장을 하던 손을 멈추고 오빠를 쳐다봤다.

경찰서에서 마주한 어머님 모습은 내 속을 울렁이게 했다. 오빠가 경찰관과 이야기를 나누는 동안 어머님 옆에 앉아 조심히 손을 잡았다. 그제야 나를 올려보시는 얼굴이 너무 피곤해 보여서 아무 말도 할 수가 없었다. 손을 잡고 머리를 귀 뒤로 넘겨드리며 겨우 입을 열었다. “괜찮아요, 괜찮아요.” 어머님을 달래려는 건지, 나를 달래려는 건지 모를 말만 반복했다.

그날 경찰관이 어머님을 발견한 곳은 어머님 댁에서 어른 걸음으로 이십 분은 되는 거리였다. 시린 새벽, 그 길을 걸었다 앉았다, 걸었다 앉았다 하는 어머님의 모습이 눈에 그려졌다. 척추 장애, 굽은 등으로 인해 걸음이 불편해진 어머님을 내심 안심했던 내가 원망스러워서 눈물이 차올랐다.

“아이고, 이 새벽부터 고생이 많소. 아침은 먹었소?”

경찰서에 울리는 낭랑한 어머님의 목소리에 놀라 고개를 들었다. 언제 오셨는지 정수기를 청소하시는 분이 필터를 갈고 있었다. 그분에게 인사를 한 어머님은 내게 잡힌 손을 들어 보여주며 말씀하셨다.

“밥이라도 해줘야 쓰겄는디, 얼라(아기)가 손을 안 놓아줘서 미안하게 됐소. 집으로 일하러 온 사람 밥도 못 해 주겄네잉.”

나오려던 눈물이 쏙 들어가 버렸고 어머님의 말씀에 당황한 정수기 기사님과 나는 멋쩍게 웃고 말았다.

그날, 우리는 경찰서에서 치매 노인 실종 방지 등록을 한 뒤 어머님을 모시고 무사히 댁으로 돌아왔다.

#43. 윤여사, 사진 찍다

폭풍 치던 아침이 지나갔다.

오빠와 나는 가족사진 촬영을 미룰까 고민했다. 다행히 한숨 자고 일어난 어머님의 컨디션이 괜찮아 보여 예정대로 사진을 찍기로 했다.

어머님은 다른 치매 환자분들에 비해 참을성이 좋다. 하지만 헤어와 메이크업을 받으려면 시간이 꽤 소요될 것이라 내심 걱정이 앞섰다. 우리의 걱정은 기우였다. 고운 색깔의 화장품들이 놓여있고 화려한 조명이 비추는 반짝이는 화장대 앞 의자에 앉은 어머님은 수줍게 방긋 웃으셨다. 뭐랄까? 그 웃음이 새신부 같다고 해야 할까? 소녀의 웃음이라기엔 성숙했고 할머니의 웃음이라기엔 싱그러웠다. 어머님의 병에 대해 스튜디오 쪽에 언급을 해두었지만 그럴 필요가 있었을까 싶을 정도로 어머님은 즐거워하셨다. 그 모습을 본 오빠는 좋은 건 귀신같이 안다며 눈을 흘기며 놀리면서도 본인이 봐도 예쁜지 메이크업을 받는 어머님의 모습을 핸드폰 카메라로 찍기 바빴다. 먼저 준비를 끝낸 나에게 어머님이 입을 것으로 유색 드레스를 몇 벌을 보여줬는데 나는 자꾸만 새하얀 웨딩드레스로 눈이 갔다.

"선생님, 저기 있는 하얀색 웨딩드레스로 보여주세요."

"손님이 바꿔 입으시게요?"

"아니요. 어머님이요."

이날, 어머님은 영정사진도 찍어야 했다. 그 모습을 지켜볼 오빠를 위해서도 어머님이 반짝반짝 빛났으면 했다. 스텝의 도움을 받아 하얀 웨딩드레스로 갈아입고 나오는 어머님의 모습에 저절로 웃음이 났다. 처음이자 마지막일 수도 있는 가족사진 그리고 영정사진 속의 어머님은 보지 않아도 어여쁠 것이다. 어머님의 하얀 드레스에 맞춰 검은 턱시도를 차려입은 오빠와 미니드레스를 입은 내가 반짝이는 어머님 뒤로 서자 카메라 플래시가 터졌다.

오빠와 어머님 둘만의 촬영이 끝나자 어머님의 영정사진 촬영이 시작됐다. 사진 촬영을 예약하던 날 오빠에게 어머님 영정사진도 찍어두자고 조심스럽게 말을 건넸다. 그때 잠시 스쳤던 오빠의 표정을 어떻게 설명할 수 있을까? 다 큰 어른도 그런 표정을 지을 수 있다는 것을 나는 그때 알았다. 어머님은 자기 앞쪽에 서 있는 아들을 보며 곱게 웃으셨다. 그런 어머님을 보는 오빠의 얼굴은 울고 싶은데 웃고 있는, 슬프지만 행복한 날을 추억하는 어린아이의 얼굴을 하고 있었다.

영정사진을 찍는 내내
어머님은 꽃처럼 환하게 피어나고 있었다.

#44. 쟈들이 본다!

짠♡
내꺼여?
맴에는 드는디, 쟈들이 보니께 부끄러워서...
응??? 누가 봐요?
어머니, 맘에 드시면 같아입을 까요?♡
쟈들 말이여! 니랑 아는 아들이여?
아... 안다면 알수도...

알츠하이머 증상은 여러 가지로 나뉘는 듯했다. 어머님은 단순한 기억상실이 아니라 무언가를 하나하나 잊어가는 증상을 보였다. 십 년이 넘는 시간 동안 무수히 많은 것들이 어머님의 안에서 지워졌을 것이다. 바로 지금처럼.

따뜻해 보이는 스웨터를 어머님께 내밀며 "짠! 어머니 예쁘죠? 우리 이걸로 갈아 입을까요?"라고 말하자 어머님은 눈을 반짝이면서도 옷 갈아입기를 주저하셨다.

"어머니, 마음에 안드세요?"

"아니, 마음에 드는디, 쟤들이 보잖어! 니 쟈들이랑 아는 사이냐?"

내가 두리번거리자

"어딜 보는 거여? 여기 말이여! 여기. 이짝!"

어머님의 손가락은 텔레비전 화면을 향하고 있었다.

2020년 유월의 중순, 어머님의 세상 속에서 텔레비전이 사라졌다.

잘 다녀와라.
내 딸이지만, 장해!
차조심 하고!
엄마, 내 딸 잘 지켜주세요.

어머님 댁으로 가는 토요일 오후, 나는 엄마의 배웅을 받으며 집을 나선다. 엄마는 늘 "우리 딸 잘 다녀와, 복 받을 거야"라고 말하며 웃어주신다. 하루는 내가 엄마에게 말했다.

"응! 내가 엄마 닮아서 복이 많지."

그 말을 들은 엄마의 얼굴이 잠시 굳었다. "왜?"라고 물어보려다 입을 다물었다. 내가 유학을 접을 때도, 학업에서 손을 놓아야만 했을 때도, 좋아하는 일이 아닌 돈을 벌기 위한 일을 택할 때도, 스트레스로 물조차 올려대던 밤에도 모든 것이 자기 탓이라며 울음을 삼키던 굳은 표정의 엄마 얼굴이 떠올라서 등을 돌려 계단을 내려왔다.

일주일에 한 번씩 시댁으로 향하는 딸을 보는 엄마의 마음을 헤아리지 못했다. 기특하면서도 안타까울 것이다.

요즘 엄마는 한 번씩 내 얼굴을 보면서 잔소리를 하신다.

"그렇게 누워만 있지 말고 팩 좀 해!"

예전에는 얼굴이랑 옷만 번지르르 입고 다니지 말고 방 청소를 그거 반만이라도 하라고 했는데, 이내 자신처럼 늙어가는 딸이 못내 서글프신가 보다.

엄마를 바라보다 하늘로 고개를 드시던 외할머니의 마음은 어땠을까?

#46. 묻었어요

윤여사의 며느리 육 년 차의 시작은 조금 시렸다. 당시 어머님은 아직 자신을 잃어버리진 않았지만 잊어가는 것은 늘어가고 있었다.

겨울부터 조금씩 어머님 팬티에 잔여물이 묻어나는 일이 빈번해졌다. 대소변의 실수를 하는 것은 아니었지만 볼일을 보신 후 물을 내리거나 닦는 일을 종종 잊으셨다. 그로 인해 서랍장엔 면 팬티 대신 방수가 되는 위생팬티가 그 자리를 차지했고 내가 어머님 댁에 들어서서 제일 먼저 살피는 곳은 화장실이 되었다. 기저귀라는 현실적인 대안도 있지만, 아직 그런 단계는 아니었고 내키지도 않았다.

"이거슨…… 내가…… 그니께……."

"응? 뭐가요??"

"암것도 아니여! 니, 니는 왜 빤주 안 벗냐? 지는 안 벗음시 내만 벗으라 하네. 부끄럽게."

어머님은 목욕할 때도 홀로 옷을 벗는 것에 부끄러움을 느끼셔서 함께 옷을 벗고 씻는다. 속옷을 벗다가 그곳에 잔여물이 묻어있는 것을 본 순간 어머님의 얼굴에는 수많은 감정이 어린다. 수치심, 슬픔, 죄책감, 허탈함. 이때 내가 할 수 있는 건 고개를 돌려 못 본 척하거나 아이러니하게도 이 기억이 빨리 어머님의 머릿속에서 사라지길 바라는 것이다.

이 모든 것을 혼자서 감당해야 했다면 '기저귀는 싫어요' 이런 배부른 고집을 부릴 수 없다는 걸 알고 있다. 다행히 내게는 남편과 요양 보호사 선생님, 하루에 한두 번씩 들여다 봐주시는 이웃분들 그리고 오래전부터 오빠의 자리를 채워주는 또 한 명의 어머님 아들, 나의 아주버님이 계신다. 덕분에 나는 조금 더 욕심을 부리며 살아갈 수 있다.

"어머니, 우리 목욕해요."

"왜? 나 똥 묻었냐?"

"네! 묻었어요." (웃음)

#47. 윤여사, 봄을 부르다

올 초봄부터 유난히 내 몸 상태가 엉망이었다. 조금만 먹어도 속이 답답해졌고, 심할 땐 답답함을 넘어 두통과 어지러움이 몰려와서 화장실 변기를 붙잡고 속에 있는 것을 전부 게워냈다. 몸이 제 기능을 하지 못하자 마음도 흐트러지기 시작했다. 예민해진 신경은 나를 잠들지 못하게 했고 덕분에 불면증에 시달리기도 했다. 무엇이 원인인지 알 수가 없었다. 스트레스라고 하기에는 일단 생업 전선에서 벗어나 하고 싶었던 글을 쓰는 중이었고, 종합검진을 받아도 특별히 이상이 있는 곳은 없었다. 나는 조금 지쳐가고 있었던 걸까…….

어머님을 뵈러 갈 때는 들어가기 전부터 얼굴 근육을 풀었다. 요즘 어머님은 상대방의 감정에 기민하게 반응한다. 되도록 웃는 얼굴을 보여 드리고 싶었다.

그날은 오전부터 올라오는 토기를 간신히 진정시킨 후 죽을 끓이고 짐을 챙겨 어머님 댁으로 갔다. 목욕을 하고 죽을 데워 함께 자리에 앉았다. 목욕하는 동안 꺼두었던 텔레비전을 켜고 죽을 먹으며 중간중간 어머님에게 말을 걸고 웃기도 했다. 그렇게 식사를 마치고 설거지를 하고 있는데 틀어놓은 물소리를 건너 노랫소리가 들려왔다.

♬ 연분홍 치마가 봄바람에 휘날리더라~ 오늘도 옷고름 씹어가며 산 제비 넘나드는 성황당 길에
꽃이 피면 같이 웃고 꽃이 지면 같이 울던 알뜰한 그 맹세에 봄날은 간다

순간 잘 못 들었나? 싶어 물을 잠그고 소리가 나는 곳으로 고개를 돌리니, 안방과 주방의 경계에 앉은 어머님이 노래를 부르고 계셨다. 그렇게 일 절을 구성지게 부르고는 나를 보며 웃으셨다.

"봄날은 가뿌려도 또 오드라고, 내 봄날은 또 올지 안 올지 몰라도, 니 봄날은 앞으로 수도 없이 많을 것이여."

근래 유독 힘이 없어 보인 내가 걱정되신 걸까? 방금 일어난 일도 기억을 못 하시는 어머님의 구성진 노래가 나를 위로해주었다.

현실 속의 판타지, 생은 이렇게 생각지도 못한 날, 불현듯 작은 선물을 안겨준다.

#48. 멀미약

욕심이 많은 나는 이기심에 자주 멀미를 했다.

내 욕심에는 눈이 없어서 상대가 누구든 가리지 않았다.

“엄마, 이번 달은 수입이 조금 줄어서 이것밖에 못 드릴 것 같아.”

사고 싶은 원피스가 눈앞에 아른거려서 집에 드릴 생활비에서 기어이 십만 원을 빼냈다. 옷장에 넘쳐나는 게 옷인데 저 십만 원 때문에 피부 관리 일을 하는 엄마는 지난달보다 더 많은 사람의 얼굴과 몸을 만져야만 한다는 걸 알면서도 말이다.

“왔어요? 착하다니까. 어머니가 며느리 복이 있으시네.”

일주일에 한 번씩 뵙게 되는 요양 보호사 선생님과 이웃분들이 인사처럼 하는 말에 어색하게 웃고 말지만, 속으로는 ‘사람 잘 못 보셨어요’라는 말이 목까지 올라온다. 내가 지금 하는 것은 ‘척‘일뿐이다. 실로 조금만 둘러봐도 몸이 불편하시거나 어머님처럼 치매가 오신 부모님을 365일 돌보는 분들도 있다. 나는 내가 할 수 있는 정도의 선을 누구보다 잘 알고 있다. 그러니 부족하다는 걸 알면서도 시간을, 마음을, 정성을 더 쏟지 못한다. '하는 척하다' 지금 내가 어머님에게 하는 것에 대한 적당한 표현일 것이다.

이런 내게 어머님과의 시간은 울렁거리는 속을, 어지러운 머리를 진정시켜주는 멀미약과도 같았다.

나는 속죄하듯 어머님과의 시간을 보낸다. 이기심으로 욕심을 키울 때마다 내 욕심이 누군가를 울릴 수도 있겠다는 생각이 들 때마다 어머님에게 매달린다. 마치 나쁜 짓을 하고 착한 일을 행하며 안도하는 마음이 이런 것일까? 어지럽고 울렁거리는 마음을 조용히 가라앉혀 줄 수 있는 사람, 내게 어머님은 그런 존재이다.

사람들은 어머님에게 내가 필요하다 싶겠지만 사실은 내가 날 용서하기 위해서 내게 어머님이 필요하다.

epilogue

모든 것은 변한다. 변하지 않는 것은 없다고 단언할 수 있을 정도로. 하지만 변화가 늘 달가운 것만은 아니어서 가끔 변하지 않는 것들이 주는 위로가 무엇보다 클 때가 있다.

아침에 일어나서 옷과 영양제를 챙겨 오빠를 출근시키고, 잠깐 산책을 하거나 책을 읽는다. 일주일에 한두 번 정도는 지인들을 만나 점심을 먹기도 하고 혼자서 카페를 가기도 한다. 근 일 년 동안은 별일 없으면 글을 썼다. 되도록 집에서 저녁을 먹고 한 시간 정도는 걷는다. 걷고 들어와서는 씻고 어머님에게서 이어받은 기도를 드린다. 그렇게 하루를 보내고 나면 보통 밤 열한 시 정도가 되는데 그때부터 또, 한두 시간 글을 쓴다. 잘 써질 때도 있고 한자도 쓰지 못할 때도 있지만 오로지 글을 마주 보는 시간이 주어졌다는 것이 좋아서 잘까 싶다가도 노트북 앞에 앉아 있는 걸 택한다. 그러다 열두 시를 넘겨 새벽 한 시 정도에는 잠자리에 드는, 그런 하루가 변함없이 반복되고 있다. 단, 토요일은 예외다.

토요일은 일주일에 한 번씩 혼자 어머님 댁에 가는 날이라 오빠를 출근시킨 후 단호박을 사러 간다. 되도록 단단하고 잘 익은 것으로 골라와 흐르는 물에 잘 씻어 여섯 조각으로 나누고 씨를 바른 후 찜기에 넣어 포슬하게 쪄낸다. 단호박 삶은 물과 껍질 깎은 단호박을 믹서기에 넣고 곱게 갈아 냄비에 옮겨 담는다. 약간의 소금과 설탕을 넣고 끓이다 물에 잘 개어 놓은 찹쌀을 넣고 팔팔 끓인다. 찹쌀의 풋내가 사라지고 달달함이 퍼지면 불을 끄고 식힌다. 주방이 엉망이지만 일단 못 본 척 숨을 고른 후, 짐을 싼다.

갈아입혀 드릴 겉옷과 속옷을 넣고 수건도 세 장 챙긴다. 어머님과 목욕을 함께 하니 나도 갈아입을 옷을 챙겨 넣는다. 죽도 완성되었고 준비물도 빠짐없이 챙겼다는 생각이 들면 팽팽한 풍선에서 바람이 푸스스 빠져나가듯이 나른해진다. 점심 먹기 전에 잠깐 의자에 앉아 졸기도 하고 도로 방에 누워 한 시간 정도 자거나 점심 먹기 전까지 핸드폰을 보기도 하다가 오후 한 시가 조금 넘은 시간에 점심을 먹고 엉망이 된 주방을 정리한 후 편하지만 예쁜 옷으로 골라 입고 세 시쯤에 집을 나서 어머님 댁으로 간다.

어머님 댁의 문을 열면서 가장 중요한 것은 웃으면서 인사하기다. 목소리를 도레미파솔의 '솔' 정도의 톤으로 "어머님, 저 왔어요. 며느리가 왔답니다!" 하면 "그려, 어여 와" 하고 맞아주는 인사가 들려온다. 짐을 내려놓고 잠시 어머님과 눈을 마주치고 미주알고주알 일주일의 이야기를 하며 놀다가 네 시 반쯤 어머님의 틀니를 쟁취하여 닦아드리고 다섯 시가 넘으면 목욕을 한다. 목욕 후에는 머리를 말려드리고 로션을 얼굴과 몸에 발라드린다. 어머님은 안방에 모셔두고 재빨리 욕실을 정리한다. 속옷을 빨아 널은 후 변기와 바닥 청소를 하고 빨래들을 챙겨 가방에 넣고 나면 정리가 끝난다. 잠시 숨을 돌리고 저녁 여섯 시에서 일곱 시 사이에 가져온 호박죽을 데워서 저녁상을 차려드린다. 잘 드시는 어머님의 사진을 찍어 오빠에게 보내고 여덟 시가 넘어가면 팔을 베고 주무시는 어머님의 머리에 베개를 넣어드리고 단정히 개어놓은 이불을 꺼내 덮어드린다. 어머님이 깊은 잠에 들면 안방의 불은 끄고 텔레비전의 소리는 줄여놓는다. 주방과 거실, 화장실 불은 빠짐없이 켜놓고 조용히 어머님 댁을 나서서 집으로 돌아온다.

다행히 나의 토요일은 이 년간, 큰 변화 없이 이어지고 있다. 마음이야 시간이 흘러도 지금처럼만 변함 없이 흘러가길 바라지만 그건 기적과도 같은 일이라는 것을 알고 있다. 어머님의 병세는 호전되기에는 힘든 병이며, 나날이 나와 오빠의 손이 더욱 필요해질 일이 많아질 것이다. 급류에 휩쓸리는듯한 변화의 구간도 맞이하게 될 것이며 언젠가는 절벽 아래로 떨어지는 날도 올 것이다. 나이를 먹는 것과도 같이 순리를 거스를 수는 없을 것이다. 하지만 그렇다고 손을 놓기에는 오늘이 사랑스럽고 내 앞의 윤여사는 눈이 부시게 반짝거린다. 그러니 나는 오늘도 변함없이 살아봐야겠다.

반짝반짝 윤여사와 함께!

어쩌면 나는 어머님의 사라져가는 기억에 기대어
꿈을 꾸고 있는 게 아닐까
어머님의 기억을 한 올 한 올 뽑아 엮어두어야겠다.
언젠가 어머님이 내 곁을 떠나셔도
영영 이별이라 말할 수 없게!

반짝반짝 윤여사

초판 인쇄 발행 2022년 3월 24일

지은이 최은정

펴낸이 박경애
디자인 정은경

펴낸 곳 자상한시간
출판등록 2017년 8월 8일 제 320-2017-000047호
주소 서울시 관악구 중앙길 59, 1층
전화 02-877-1015
이메일 vodvod279@naver.com

ISBN 979-11-969480-2-3 00810